संघ दर्शन

संघ दर्शन

राष्ट्रीय स्वयंसेवक संघ की स्थापना, इतिहास और विकास के 100 वर्षों की गौरवगाथा

डॉ. सुरेंद्र नाथ तिवारी

प्रभात प्रकाशन

प्रकाशक
प्रभात प्रकाशन प्रा. लि.
4/19 आसफ अली रोड, नई दिल्ली–110002
फोन : 011–23289777 • हेल्पलाइन नं. : 7827007777
इ–मेल : prabhatbooks@gmail.com ❖ वेब ठिकाना : www.prabhatbooks.com

संस्करण
प्रथम, 2024

पेपरबैक मूल्य
तीन सौ रुपए

मुद्रक
आर–टेक ऑफसेट प्रिंटर्स, दिल्ली

★

SANGH DARSHAN
by Dr. Surendra Nath Tiwary

Published by **PRABHAT PRAKASHAN PVT. LTD.**
4/19 Asaf Ali Road, New Delhi-110002

ISBN 978-93-5562-477-2

₹ 300.00 (PB)

यह पुस्तक
विद्वानों के लिए नहीं है,
सामान्य जनों के लिए है,
जो तटस्थ व निष्पक्ष कामकाज और सिद्धांत व विचारों को
अपेक्षाकृत ज्यादा सुगमतापूर्वक ग्रहण करते हैं,
इसलिए पुस्तक को देश के जनसाधारण को
समर्पित करता हूँ

स्मृति

संघ के उन प्रचारकों और स्वयंसेवकों की स्मृति में
जिन्होंने हिंदुत्व के सम्मान की रक्षा के लिए
अपने प्राण न्योछावर किए।

प्रतिज्ञा

"सर्व शक्तिमान श्री परमेश्वर तथा अपने पूर्वजों का स्मरण कर मैं प्रतिज्ञा करता हूँ कि अपने पवित्र हिंदू धर्म, हिंदू संस्कृति तथा हिंदू समाज का संरक्षण कर हिंदू राष्ट्र की सर्वांगीण उन्नति करने के लिए मैं राष्ट्रीय स्वयंसेवक का घटक बना हूँ। संघ का कार्य मैं प्रामाणिकता से, निस्स्वार्थ बुद्धि से तथा तन, मन, धनपूर्वक करूँगा और व्रत का मैं आजन्म पालन करूँगा।"

॥ भारतमाता की जय॥

केवल 'प्राण' निकलने से ही मृत्यु नहीं होती, मरा हुआ वह भी है, जो अपने देश, धर्म और संस्कृति पर आघात होते हुए देखकर भी मौन है।

—स्वामी विवेकानंद

दो शब्द

राष्ट्रीय स्वयंसेवक संघ, यानी आरएसएस दुनिया का सबसे बड़ा स्वयंसेवी संगठन है। अगले साल यह अपने जीवन का 100 साल पूरा करने जा रहा है। उसके बाद भी उस पर पुस्तक लिखने की जरूरत क्यों पड़ी? यह सवाल आपके दिमाग में जरूर आएगा। यह सच भी है कि आरएसएस को किताबों के जरिए नहीं समझा जा सकता है। लेकिन एक पुस्तक आपको अपने संदेश पर ध्यान केंद्रित करने के लिए मजबूर करती है। पुस्तक लिखने के पहले आपको यह तय करना होता है कि आप कहना क्या चाहते हैं और कहने का एक स्पष्ट, ठोस, सरल और रुचिकर तरीका भी खोजना होता है। निश्चित तौर पर 'संघ दर्शन' पुस्तक लिखने के पीछे मेरा लक्ष्य राष्ट्रीय स्वयंसेवक संघ के बारे में देश और दुनिया के सीधे-सादे लोगों को सीधे और सरल शब्दों में अपनी बातें बताना है। खासकर स्कूल में पढ़ने वाले किशोरों, कॉलेज में पढ़ने वाले युवाओं और देश के आम लोगों को बताना और समझाना है कि आरएसएस आखिर है क्या? हालाँकि अभी तक संघ पर अनगिनत पुस्तकें, लेख, शोध-पत्र प्रकाशित हो चुके हैं, मगर मैंने यह महसूस किया है कि आज भी भारत ही नहीं, बल्कि दुनिया के कई देशों में संघ के बारे में अधिकाधिक जानने की जिज्ञासा लोगों में रहती है। इसका कारण है कि आजादी के बाद ज्यादातर समय संघ विरोधी विचारों वाले लोग हमारे देश की सत्ता और शिक्षा व्यवस्था पर काबिज रहे। राजनेताओं के साथ-साथ उनके द्वारा संपोषित व संरक्षित बुद्धिजीवियों के

एक बड़े वर्ग ने संघ के खिलाफ साजिश के तहत भ्रामक तथ्य फैलाने का काम किया। आरएसएस के खिलाफ तरह-तरह के नरेटिव गढ़े गए। इसे गुप्त, रहस्यमयी और कट्टरपंथी संस्था के रूप में प्रचारित किया गया। संघ के बारे में षड्यंत्रपूर्वक फैलाए गए झूठों का पर्दाफाश करने के लिए सरल और सहज शैली में संघ निर्माण के उद्देश्य, इसकी फौजी ट्रेनिंग, आकर्षक गतिविधियों, विचारों एवं संकल्पों से देश के वैसे लोगों को अवगत कराने के लिए यह पुस्तक लिखी गई है, जो किसी बात को बिना किसी पूर्वग्रह के ग्रहण करते हैं और जिनके दिमाग में बहुत अधिक कुविचार नहीं भरे हों, वे बात को निष्पक्ष ढंग से समझते हों।

संघ अपने जीवनकाल का 100 वर्ष पूरा करने की ओर है, इसके उद्भव और विकास में न जाने कितने स्वयंसेवकों ने बलिदान दिए हैं, न जाने कितने प्रतिभाशाली प्रचारकों ने अपने जीवन की सुख-सुविधाओं को छोड़कर संघ और देश के लिए अपने को बलिदान किया है, मगर इसके बाद भी संघ के संबंध में देश की बड़ी आबादी में आज भी भ्रामक जानकारियाँ फैलाई जा रही हैं। संघ के राजनीतिक एजेंडे को लेकर तरह-तरह के दुष्प्रचार किए जाते हैं। बहुत से लोग अपने चश्मे से संघ को देखते हैं और अपने हिसाब से संघ की शूरत-सीरत गढ़का शोर मचाते हैं। वे इसे कट्टरपंथी संगठन और न जाने किन-किन उपमा व अलंकारों से नवाजते हैं।

जैसे 'संघ मराठी ब्राह्मणों का संगठन है', 'यह महिला और आरक्षण का विरोधी', 'जाति और वर्ण व्यवस्था का समर्थक है', 'पुरातनपंथी और परंपरावादी है', 'गांधीजी की हत्या करने वाला संगठन है' आदि-आदि। लेकिन इस पुस्तक में जब नई पीढ़ी 1925 में नागपुर में छोटे बच्चों के साथ शुरू हुए संघ के जमीनी विस्तार और वैश्विक प्रभाव में वृद्धि के बारे में पढ़ेगी, व्यापक सामाजिक सरोकार, व्यक्ति से लेकर राष्ट्र के प्रति समर्पण और सांगठनिक कौशल के बल पर दुनिया का सबसे बड़ा सामाजिक संगठन संघ कैसे बना—यह जानेगी, तब उसे पता चलेगा कि संघ के खिलाफ साजिश क्यों हो रही है, लोगों को संघ से जोड़ने से रोकने के लिए

अंतरराष्ट्रीय नेटवर्क क्यों सक्रिय है ? किसी भी संगठन के लिए सौ साल का सफर अहम होता है। लेकिन संघ का रास्ता अब भी संस्कार, समाजसेवा और राष्ट्रवाद से होकर जाता है। संघ का लक्ष्य उन्नत व्यक्ति, समाज और राष्ट्र का निर्माण करना है। इसी लक्ष्य की पूर्ति के लिए संघ के करोड़ों स्वयंसेवक मौन साधक के रूप में अपने काम में लगे हुए हैं। नई पीढ़ी इस तथ्य को समझे, बिचारे और संघ से जुड़े, इसी लक्ष्य के साथ 18 अध्यायों में यह किताब लिखी गई है। नई पीढ़ी को यह पता नहीं है कि एक जमाने तक आरएसएस पर रायसीना हिल से एक बार नहीं, तीन-तीन बार पाबंदी लगी, लेकिन वक्त का पहिया घूमा, संघ की मेहनत और समर्पण काम आए। आज संघ के स्वयंसेवक रायसीना हिल पर विराजमान हैं।

राष्ट्रपति से प्रधानमंत्री और दर्जनों मुख्यमंत्री, केंद्रीय मंत्री, राज्यपाल और कई महत्त्वपूर्ण पदों पर ऐसे लोग बैठे हैं, जिनकी राजनीतिक और सामाजिक कार्यों की ट्रेनिंग संघ में हुई। संघ का नेटवर्क भारत से बाहर दर्जनों देशों में फैल गया है। एक समय था, जब संघ के मेरुदंड माने जानेवाले समाज व देश के लिए जीवनदान करने वाले प्रचारक रात में पानी पीकर भूखे सो जाते थे, लेकिन आज समय बदल गया है, प्रचारकों को खिलाने के लिए समाज का हर अमीर-गरीब बेसब्री से इंतजार करता है, उन्हें अपने घर पर भोजन कराकर अपने को गौरवान्वित महसूस करता है।

मैंने इस किताब में संघ के 100 साल की गौरव यात्रा का वृत्तांत लिखा है, जो निश्चित रूप से पढ़ने वालों के लिए उपयोगी साबित होगा, बल्कि बहुत ही रुचिकर भी लगेगा। मैंने पुस्तक में बताने की कोशिश की है कि आरएसएस ने समाज के बदलावों को समझा है और उनके साथ चलने की कोशिश की है। जो लोग संघ को पुरातनपंथी संगठन समझते हैं, उन्होंने उसके सफर और बदलावों को गहराई से समझने का प्रयास नहीं किया। यहाँ तक कि समाज में परिवार के स्तर और सामाजिक स्तर पर हुए बदलावों को संघ ने स्वीकार किया है। यही कारण है कि युवाओं के आकर्षण का केंद्र बनता जा रहा है। हर जाति, वर्ग के लोग तेजी से जुड़ रहे हैं। समाज के हर

वर्ग के लोगों में संघ को लेकर नजरिया बदला है। जीवन के सभी क्षेत्रों में स्वयंसेवक पहुँच रहे हैं। यह स्वाभाविक विकास है, लेकिन संघ को अभी समाज के विभिन्न क्षेत्रों में और भी पैठ बनानी है, स्वीकार्यता बढ़ानी है। इसका मतलब यह नहीं कि संघ समाज और राष्ट्र पर अपना दबदबा बढ़ाना चाहता है, ऐसा हरगिज नहीं बल्कि वह समाज और देश को ताकतवर बनाना चाहता है, ताकि वह अपनी चहुंमुखी उन्नति का रास्ता खुद ढूँढ़ सके। वर्तमान दौर पूरी दुनिया में बदलाव का दौर है। संघ संस्कृति और परपंराओं को आगे बढ़ाने के साथ आधुनिक और मौजूदा वक्त की जरूरतों के हिसाब से खुद, समाज और देश को बदलने पर लगा हुआ है।

मुझे इस पुस्तक के माध्यम से भारत के लोगों से कहना है, किसी देश का नागरिक होना ही गर्व करने के लिए काफी नहीं है। नागरिक होने पर गर्व हमें तब ज्यादा होगा, जब हम जीवन में संस्कारों को महत्त्व देंगे और संस्कार, शिष्टाचार तथा नैतिक मूल्यों को समझेंगे। हमें अच्छा नागरिक बन देश की तरक्की में योगदान देना चाहिए। मेरा लोगों से कहना है कि हिंदुत्व, भारतीय सभ्यता, संस्कृति, समाज, राष्ट्रवाद और विभिन्न क्षेत्रों की उन्नति तथा मजबूती के लिए संघ से जुड़िए, समझिए और विकसित भारत के निर्माण का वाहक बनिए। किसी भी देश की तरुणाई में उसे देश को महान् बनाने की शक्ति छिपी रहती है। जनसाधारण के लिए साधारण बोलचाल की भाषा में इस पुस्तक लिखने के पीछे मेरा उद्‌देश्य है कि भारत का जनसाधारण, खासतौर से छात्रशक्ति संघ की शक्ति बने। भारत के नौजवान, बुद्धिजीवी, किसान, मजदूर और समाज के सबसे अंतिम पंक्ति में खड़े लोग संघ को समझें। संघ को भी इनके बीच अपनी भूमिका और बढ़ाने की जरूरत है। संघ सामान्य लोगों में लोकप्रिय है। इसका विरोध वही लोग करते हैं, जो टुकड़े-टुकड़े गैंग का समर्थन करते हैं। तुष्टीकरण की राजनीति करने वाले संघ के खिलाफ साजिश करते हैं, प्रोपेगैंडा फैलाते हैं। मुसलमान को डराने का काम करते हैं, जबकि संघ मुसलिम विरोधी नहीं है। संघ चुपचाप समाज के बीच अपना काम करता है। संघ के लिए समाज और राष्ट्र सर्वोपरि है।

संघ का हिंदुत्व अनेकता में एकता की बात करता है। इन सभी बातों को मैंने इस पुस्तक में सरल और व्यावहारिक तरीके से रखने का प्रयास किया है। उम्मीद है कि पाठकों को मेरी बातें जरूर आसानी से समझ में आएँगी। अंत में मैं उन महानुभावों के प्रति आभार प्रकट करता हूँ, जिन्होंने पुस्तक लिखने में अपना बहुमूल्य सहयोग प्रदान किया है।

नमस्ते सदा वत्सले मातृभूमे।

विषय प्रवेश

भारत को सामाजिक, सांस्कृतिक, राजनीतिक और आर्थिक रूप से विश्वगुरु के पद पर पहुँचाने के अभियान में लगा राष्ट्रीय स्वयंसेवक संघ, यानी आरएसएस का सपना देश को सर्वाधिक शक्तिशाली हिंदू राष्ट्र के रूप में देखना है। संघ के सरसंघचालक डॉ. मोहन भागवत के नेतृत्व में राष्ट्रवाद की पताका फहराते हुए संघ लगातार अपने लक्ष्यों की ओर अग्रसर है।

दुनिया के सबसे बड़े स्वयंसेवी संगठन राष्ट्रीय स्वयंसेवक संघ की स्थापना डॉ. केशव बलिराम हेडगेवार ने की थी। भारत को अंग्रेजों के चंगुल से मुक्त कराने और हिंदू राष्ट्र बनाने के लक्ष्य के साथ 27 सितंबर, 1925 को विजयदशमी के दिन राष्ट्रीय स्वयंसेवक संघ की स्थापना की गई थी। संघ के प्रथम सरसंघचालक हेडगेवारजी ने अपने घर पर 17 देशप्रेमियों की बैठक में संघ के निर्माण की रूपरेखा बनाई थी। इस बैठक में हेडगेवारजी के साथ विश्वनाथ केलकर, भाऊजी कावरे, अण्णा साहने, बालाजी हुद्दार, बापूराव भेदी आदि विभूतियाँ मौजूद थीं।

संघ का क्या नाम होगा, क्या क्रियाकलाप होंगे, सबकुछ समय के साथ धीरे-धीरे तय होता गया। संघ का नामकरण 'राष्ट्रीय स्वयंसेवक संघ' 17 अप्रैल, 1926 को हुआ, इसी दिन हेडगेवारजी को सर्वसम्मति से 'संघ प्रमुख' चुना गया, लेकिन सरसंघचालक वे नवंबर 1929 में बनाए गए।

राष्ट्रीय स्वयंसेवक संघ के प्रारंभ से लेकर इसके इतिहास और विकास की कहानी बड़ी ही रोमांचकारी है, जो मन में देशभक्ति, राष्ट्रवाद, त्याग,

निष्ठा की तरंग प्रवाहित करती है। जिस संघ की पहली शाखा डॉ. हेडगवार के नेतृत्व में मात्र पाँच बालकों से शुरू हुई थी, आज वह दुनिया के सबसे बड़े संगठन का आकार ले चुका है और राष्ट्रकवि रामधारी सिंह 'दिनकर' की इस कविता के माध्यम से यह संदेश दे रहा है—

"खड़ा हिमालय बता रहा है डरो न आँधी पानी में
खड़े रहो अपने पथ पर सब कठिनाई तूफानों में
जो भी बाधाएँ आई उन सब से लड़ा हिमालय
इसलिए तो दुनिया भर में हुआ सबसे बड़ा हिमालय।"

आज संघ पूरी दुनिया में विस्तारित हो चुका है। करीब 40 देशों में इसका काम चल रहा है। करीब 200 संगठन इससे जुड़े हैं, जिनमें 50 संगठनों की अंतरराष्ट्रीय पहचान है। मौजूदा समय में संघ की 60,929 से अधिक दैनिक शाखाएँ लगती हैं।

नागपुर के जिस मोहिते बाड़े में शुरुआती शाखा लगती थी, आज वहाँ विशाल संघ मुख्यालय (हेडगेवार भवन) बन चुका है, जो अपूर्व राष्ट्रीयता और संगठन क्षमता के कारण दुनिया भर में जाना जाता है। आज संघ के विस्तार का आलम यह है कि शहरों से लेकर कस्बों तथा गाँवों की गलियों में भी शाखाएँ लग रही हैं और संघ के गीत नमस्ते सदा वत्सले…गूँज रहे हैं। देश भर में लगने वाली शाखाओं में लाखों प्रचारक एवं पूर्णकालिक कार्यकर्ता लोगों के बीच देशप्रेम, देशभक्ति, राष्ट्रवाद का अलख जगा रहे हैं। इन शाखाओं में व्यायाम, खेलकूद और बौद्धिक कार्यक्रमों के माध्यम से संघ शक्तिशाली, गौरवशाली और महान् भारत की रचना में जुटा हुआ है। संघ के कार्यक्रमों में लहरने वाला भगवा ध्वज सशक्त हिंदू राष्ट्र निर्माण के अभियान का प्रतीक है। पाञ्चजन्य, ऑर्गनाइजर और दूसरे राष्ट्रवादी साहित्य माध्यम संघ के अभियान को मजबूती दे रहे हैं।

राष्ट्रीय स्वयंसेवक संघ वर्ष 2025 में अपनी यात्रा के 100 वर्ष पूरे करने वाला है। यह किसी भी संगठन के लिए महत्त्वपूर्ण बात होती है कि इतने लंबे कार्यकाल में उसका निरंतर विस्तार होता रहे। अपने 100 वर्ष की यात्रा

में संघ ने समाज का विश्वास जीता है। यही कारण है कि 97 साल का संघ तरुणाई की अँगड़ाई लेता दिख रहा है। इसकी लोकप्रियता और प्रभावशीलता में लगातार इजाफा हो रहा है। केवल भारत में ही नहीं, बल्कि दुनिया के अन्य देशों में भी हर रोज नए-नए लोग इससे जुड़ रहे हैं। मार्च 2022 को गुजरात के कर्णावती, अहमदाबाद में हुई संघ की प्रतिनिधि सभा की तीन दिवसीय बैठक में यह बात सामने आई है कि कोरोना महामारी के संकट काल में भी पिछले एक साल में संघ की पाँच हजार से अधिक शाखाएँ बढ़ीं। राष्ट्रीय एवं अंतरराष्ट्रीय स्तर पर फैलाए जा रहे तमाम भ्रम और हमलों के बाद भी राष्ट्रीय स्वयंसेवक संघ की साख और विश्वसनीयता साल-दर-साल बढ़ती ही जा रही है। इस क्रम में साप्ताहिक मिलन व संघ मंडली का भी दायरा बढ़ा है। बढ़ोतरी का यह आँकड़ा तब है, जब पिछले वर्ष से इस वर्ष के प्रारंभ तक कोरोना महामारी की दो बड़ी लहरें आईं। इसके चलते अधिकतर राज्यों में कई तरह के प्रतिबंध लगे हुए थे। कई राज्यों में संघ की शाखाएँ और संपर्क अभियान भी कोरोना प्रतिबंधों से प्रभावित हुए थे। संघ की बैठकें भी स्थगित हुईं और अखिल भारतीय प्रतिनिधियों का प्रवास भी प्रभावित हुआ था।

अखिल भारतीय प्रतिनिधि सभा की बैठक में सरकार्यवाह दत्तात्रेय होसबाले ने संघ का वार्षिक प्रतिवेदन (2021-22) प्रस्तुत किया था। उसके मुताबिक पिछले वर्ष देश भर में संघ का 34,569 स्थानों पर कार्य था। इन स्थानों की संख्या में इस वर्ष मार्च तक 3,821 की बढ़ोतरी हुई है और देश के 38,390 स्थानों पर संघ का कार्य पहुँच गया है। इसी तरह पिछले वर्ष देश भर में संघ की 55,652 शाखाएँ लग रही थीं, जो इस वर्ष मार्च में बढ़कर 60,929 हो गई हैं। मतलब, एक वर्ष की अवधि में 5,277 शाखाएँ बढ़ी हैं। साप्ताहिक मिलन के कार्यक्रम भी पिछले वर्ष 18,553 से बढ़कर 20,681 हो गए हैं। साप्ताहिक मिलन कार्यक्रम, खासकर कामकाजी युवाओं के लिए है, जो नौकरी-पेशा होने के कारण प्रतिदिन की शाखा में नहीं आ पाते हैं। इसी तरह संघ मंडली का भी विस्तार हुआ है। पिछले वर्ष इनकी संख्या 7,855 थी, जो इस वर्ष बढ़कर 7,923 हो गई है।

संघ अपनी स्थापना के 100 वर्ष पूरे होने पर वर्ष 2025 तक देश भर में अपने कार्य को एक लाख स्थानों तक बढ़ाने के लक्ष्य में लगा हुआ है। देशभक्त, साहसी, बेबाक, त्यागी, बलिदानी प्रचारकों और स्वयंसेवकों के इस संगठन पर कभी महात्मा गांधी की हत्या की साजिश रचने के आरोप लगे थे, वहीं ऐसा समय भी आया, जब भारत-चीन युद्ध के समय भारतीय सैनिकों की अभूतपूर्व मदद करने के लिए प्रधानमंत्री पंडित जवाहर लाल नेहरू ने वर्ष 1963 के गणतंत्र दिवस की परेड में संघ के स्वयंसेवकों की टुकड़ी को शामिल होने का न्योता दिया। यही नहीं, आपातकाल के खिलाफ जयप्रकाश नारायण ने भी संघ की मदद ली थी। आजादी की लड़ाई से लेकर भारत के एकीकरण में संघ और स्वयंसेवकों की महान् भूमिका भारतीय इतिहास का गौरवशाली अध्याय है। भारत चीन-युद्ध हो या भारत-पाकिस्तान युद्ध या फिर देश के भीतर आपातकाल की घटना, संघ के प्रचारकों और स्वयंसेवकों ने एकजुट होकर निष्ठापूर्वक संकट से निपटने में सजग प्रहरी की भूमिका अदा की है। देश के भीतर प्राकृतिक आपदा हो या फिर आतंकवादी और हिंसक घटनाएँ, सब में संघ का राष्ट्रभक्त स्वरूप उजागर हुआ है। उड़ीसा, केरल और पूर्वोत्तर भारत में आतंकवाद तथा नक्सलियों से लोहा लेते हुए संघ के हजारों प्रचारक और स्वयंसेवक शहीद हुए हैं। पिछले दिनों कोरोना महामारी के दौरान संघ के स्वयंसेवकों ने न केवल भारत, बल्कि विदेशों में भी अपनी जान की परवाह न करते हुए रोगियों की सेवा की। रूस और यूक्रेन में लड़ाई के दौरान यूक्रेन में फँसे भारतीयों को निकालने के लिए स्वयंसेवकों ने काम किया है।

आज संघ की विचारधारा से जुड़कर लाखों की संख्या में देशवासी राष्ट्रवाद की स्थापना के लिए काम कर रहे हैं। इनमें प्रचारकों का वह समूह भी शामिल है, जो अपना सर्वस्व न्योछावर करके राष्ट्रभक्ति, राष्ट्रप्रेम के प्रचार-प्रसार के साथ भारत को गौरवशाली राष्ट्र बनाने के लिए काम कर रहा है। आगे हम बारी-बारी से संघ के विभिन्न स्वरूपों, इसके कामकाज और योगदानों की चर्चा करेंगे।

अनुक्रम

राष्ट्रीय स्वयंसेवक संघ की स्थापना, इतिहास और विकास

जैसा कि हम विषय प्रवेश में बता चुके हैं कि आरएसएस की स्थापना 27 सितंबर, 1925 को विजयदशमी के दिन अंग्रेजी हुकूमत के कट्टर विरोधी और महान् राष्ट्रभक्त डॉ. केशवराव बलिराम हेडगेवार ने नागपुर में की थी। डॉ. साहब ने अपने घर मुट्ठी भर सक्रिय कार्यकर्ताओं को बुलाया और उनसे कहा कि आज से हम संघ शुरू कर रहे हैं और संघ शुरू हो गया। संघ शुरू करने का केवल एक ही लक्ष्य था कि अंग्रेज भारत में हिंदुओं को संगठित करना और अंग्रेजी सत्ता को देश से उखाड़ फेंकना। शुरुआत में संघ के सदस्यों को 'सभासद' कहा जाता था। तय किया गया था कि सारे 'सभासद' नियमित रूप से कसरत करेंगे और सप्ताह में एक बार एक जगह

डॉ. केशवराव बलिराम हेडगेवार

इकट्ठा होंगे। दरअसल, डॉ. हेडगेवार को बचपन से ही ब्रिटिश राज से नफरत थी। जब उन्होंने मेडिकल की परीक्षा पास कर एम.बी. बी.एस. करने के लिए कोलकाता के मेडिकल कॉलेज में दाखिला लिया, तब बंगाल में भारत को आजाद कराने के लिए राष्ट्रवाद की एक लहर उठी थी। उसी दौरान कलकत्ता में उनका संपर्क कई क्रांतिकारियों से हुआ, जिनसे प्रेरित होकर उन्होने नागपुर में संघ की स्थापना की। संघ की स्थापना के ठीक छह महीने बाद यानी 17 अप्रैल, 1926 को डॉ. हेडगेवार ने अपने सहयोगियों की बैठक घर पर बुलाई। उस बैठक का मुख्य उद्देश्य नवनिर्मित संगठन का नामकरण करना था। उसके साथ संघ की विचारधारा यानी एजेंडा स्पष्ट करना था। नामकरण के लिए सदस्यों ने अपने-अपने विचार प्रस्तुत किए, जिसमें तीन नामों पर विस्तार से चर्चा हुई। पहला 'राष्ट्रीय स्वयंसेवक संघ' दूसरा 'जरीपटिका मंडल' और तीसरा 'भारतोद्धारक मंडल'। काफी विचार-विमर्श करने के बाद सभी सदस्यों ने 'राष्ट्रीय स्वयंसेवक संघ' नाम पर मुहर लगाई। इसके साथ संघ के सदस्यों को अब 'सभासद' नहीं, बल्कि 'स्वयंसेवक' कहा जाएगा, ऐसा भी निर्णय लिया गया।

संघ की संरचना में शीर्ष पर सरसंघचालक

संघ में संगठनात्मक रूप से सबसे ऊपर सरसंघचालक का स्थान है, जो संगठन के सर्वोच्च अधिकारी होते हैं। पूरा संगठन उन्हीं के मार्गदर्शन में काम करता है। सरसंघचालक की नियुक्ति मनोनयन द्वारा होती है। प्रत्येक सरसंघचालक अपने उत्तराधिकारी की घोषणा करता है। वर्तमान में संघ के सरसंघचालक डॉ. मोहन भागवत हैं। उनके बाद सरकार्यवाह का स्थान आता है, जो हर तीन वर्ष के लिए चुने जाते हैं। वर्तमान में इस पद पर दत्तात्रेय

होसबाले हैं। आरएसएस में प्रत्येक तीन वर्षों पर जिला संघचालक, विभाग संघचालक, प्रांत संघचालक और क्षेत्र संघचालक का भी चुनाव होता है। संघ में प्रचारकों की भूमिका सबसे अहम होती है। वे संघ की रीढ़ होते हैं, जो संघ और देश के लिए अपना जीवन न्योछावर करते हैं। इसको हम इस तरह समझ सकते हैं। संघ में दो तरह के कार्यकर्ता होते हैं—पहला, गृहस्थ कार्यकर्ता और दूसरा, पूर्णकालिक यानी प्रचारक। गृहस्थ कार्यकर्ता शादीशुदा या परिवार वाले होते हैं और अपनी जीविका खुद चलाते हैं। उन्हें अपने खाली समय को संघ के कार्यों के लिए समर्पित करना होता है। वहीं प्रचारक (पूर्णकालिक) कार्यकर्ताओं को शादी की इजाजत नहीं होती और वे अपनी पूरी जिंदगी संघ को समर्पित करते हैं। इन्हें 'प्रचारक' कहा जाता है। एक प्रचारक कहता है—"हे संघ! हे राष्ट्र! तन समर्पित, मन समर्पित, तेरे लिए सारा जीवन समर्पित।" प्रचारक, नगर प्रचारक, जिला प्रचारक, विभाग प्रचारक, प्रांत प्रचारक, क्षेत्रीय प्रचारक के रूप में विभिन्न स्तरों पार काम करते हैं और संघ की योजनाओं को क्रियान्वित करने में प्रभावी भूमिका निभाते हैं। सरसंघचालक, सरकार्यवाह समेत शीर्ष के सभी संघ पदाधिकारी प्रचारक ही होते हैं।

आरएसएस में प्रत्येक तीन वर्षों पर जिला संघचालक, विभाग संघचालक, प्रांत संघचालक और क्षेत्र संघचालक का भी चुनाव होता है। संघ में प्रचारकों की भूमिका सबसे अहम होती है। वे संघ की रीढ़ होते हैं, जो संघ और देश के लिए अपना जीवन न्योछावर करते हैं। इसको हम इस तरह समझ सकते हैं। संघ में दो तरह के कार्यकर्ता होते हैं—पहला, गृहस्थ कार्यकर्ता और दूसरा, पूर्णकालिक यानी प्रचारक।

पूर्व प्रधानमंत्री स्व. अटल बिहारी वाजपेयी और वर्तमान प्रधानमंत्री नरेंद्र मोदी, दोनों ही संघ के प्रचारक रहे हैं। संघ के काम को देखने पर यह पता चलता है कि इसके तीन मुख्य आधार स्तंभ हैं—पहला प्रचारक, दूसरा शाखा और तीसरा अभ्यास वर्ग। हम उसके इन तीनों आयामों के बारे में अब विस्तार

से बताएँगे। वैसे संरचना की दृष्टि से संघ का काम केंद्र, क्षेत्र, प्रांत, विभाग, जिला, नगर/खंड, बस्ती, मंडल, शाखा और टोली स्तर पर संचालित होता है। संघ के चार दर्जन से अधिक प्रभावकारी आनुषंगिक संगठन पूरी दुनिया में काम कर रहे हैं, जिनका सूत्रधार आरएसएस है।

संघ की भौगोलिक संरचना को इस तरह से समझा जा सकता है—

केंद्र नागपुर

1. **दक्षिण क्षेत्र :** केरल, दक्षिण तमिलनाडु, उत्तर तमिलनाडु
2. **दक्षिण-मध्य क्षेत्र :** कर्नाटक, दक्षिण कर्नाटक, उत्तर-पश्चिम आंध्र, पूर्व आंध्र
3. **पश्चिम क्षेत्र :** कोकण, पश्चिम महाराष्ट्र, देवगिरी, गुजरात, विदर्भ
4. **मध्य क्षेत्र :** मालवा, मध्य भारत, महाकौशल, छत्तीसगढ़, चित्तौड़, जयपुर, जोधपुर
5. **उत्तर-पश्चिम क्षेत्र :** चित्तौड़, जयपुर, जोधपुर
6. **उत्तर क्षेत्र :** दिल्ली, हरियाणा, पंजाब, जम्मू-कश्मीर, हिमाचल
7. **पश्चिमी उत्तर प्रदेश क्षेत्र :** उत्तरांचल, मेरठ, ब्रज
8. **पूर्वी उत्तर प्रदेश क्षेत्र :** कानपुर, अवध, काशी, गोरक्ष (गोरखपुर)
9. **उत्तर-पूर्व क्षेत्र :** उत्तर बिहार, दक्षिण बिहार, झारखंड
10. **पूर्व क्षेत्र :** उत्कल, दक्षिण बंग, उत्तर बंग
11. **असम क्षेत्र :** उत्तर असम, अरुणाचल प्रदेश, दक्षिण असम, मणिपुर

प्रांत से नीचे की भौगोलिक रचना : 1. विभाग, 2. जिला, 3. तहसील

ग्रामीण क्षेत्र की रचना : 1. खंड, 2. मंडल, 3. ग्राम सभा, 4. ग्राम। यहाँ बता दें कि कुछ प्रांतों में विभाग से ऊपर संभाग की रचना भी है।

वहीं कुछ प्रांतों में तहसील नहीं है। नगरों में मुहल्ला या उपबस्ती तथा ग्रामीण क्षेत्रों में गाँव सबसे छोटी इकाई है। नगरों में सामान्यतः 10 हजार जनसंख्या पर एक बस्ती तथा ग्रामीण क्षेत्रों में दस-बारह गाँवों के समूह को न्याय पंचायत अथवा मंडल कहते हैं। चार-पाँच मंडलों को मिलाकर खंड तथा दो-तीन खंडों को मिलाकर तहसील, तीन-चार तहसील को मिलाकर जिला तथा दो-तीन जिलों को मिलाकर विभाग की रचना होती है।

महानगरों में नगरों की रचना होती है। एक नगर में लगभग एक लाख जनसंख्या। कुछ महानगरों में तीन-चार नगर मिलाकर 'भाग' रचना भी होती है।

गणवेश

संघ के लिए गणवेश

गणवेश किसी भी संस्था की पहचान होता है, किंतु संघ के लिए गणवेश श्रद्धा, अनुशासन, शौर्य, उत्साह और पुरुषार्थ भाव जागरण का सेतु है। समय के अनुसार डॉ. हेडगेवार द्वारा तय गणवेश में बदलाव हुआ। सबसे पहले वर्ष 1929-1940 में खाकी निकर, खाकी कमीज, काला जूता (बूट), खाकी रंग की पोंगली पट्टी, चमड़े का लाल पट्टा (पेटी), काली टोपी, दंड तथा आरएसएस का बैज था। वर्ष 1940-1993 के बीच खाकी कमीज के स्थान पर सफेद कमीज पहनी गई। वर्ष 1930 में खाकी टोपी की जगह काली टोपी कर दी गई। वर्ष 1973 में लॉन्ग बूट की जगह चमड़े के काले जूते और वर्ष 2010-11 में चमड़े के बेल्ट की जगह मोटे कपड़े की पेटी कर दी गई। लंबे समय तक संघ के स्वयंसेवकों की पहचान रही खाकी निकर की जगह 11 अक्तूबर, 2016 से हल्के भूरे रंग की पूरी पैंट कर दी गई।

गणवेश पहनने का भी अनुशासन और नियम है। सर्वप्रथम मोजा और

जूता पहनते हैं। उसके बाद पैंट, पट्टा धारण करते हैं। सबसे अंत में टोपी पहनते हैं। मोजे को जूते के ऊपर चार अंगुल ऊँचाई तक मोड़ना चाहिए। कमीज की बाँह भी मोड़नी होती है। मोड़ कोहनी से ऊपर चार अंगुल चौड़ाई की होनी चाहिए। गणवेश पहनने से पूर्व जूतों पर पॉलिश तथा निक्कर और कमीज पर इस्तरी होनी चाहिए।

□

संघ की शाखा

शाखा संघ की वह बुनियाद है, जिसके ऊपर आज इतना विशाल संगठन खड़ा हुआ है। संघ को समझने का सबसे सरल उपाय शाखा में जाना है। किसी एक क्षेत्र के स्वयंसेवकों के 'दैनिक एकत्रीकरण' को संघ की शाखा कहा जाता है। यह एकत्रीकरण एक पूर्व निर्धारित स्थान पर निर्धारित समय पर होता है। उस स्थान को 'संघ स्थान' कहा जाता है। यह कोई भी सार्वजनिक या निजी स्थान हो सकता है, जिसमें स्वयंसेवकों के एकत्रीकरण पर उस स्थान के स्वामी को आपत्ति न हो। सामान्यतः किसी सार्वजनिक पार्क में संघ शाखा लगाई जाती है। यह प्रात:कालीन हो सकती है या सायंकालीन भी। सामान्यतया तरुणों अर्थात् वयस्कों की शाखा प्रात:काल

तथा बच्चों या छात्रों की शाखा सायंकाल लगाई जाती है। हालाँकि किसी भी शाखा में किसी भी उम्र का कोई भी आ सकता है। शाखा का समय प्राय: एक घंटे का होता है। आवश्यकतानुसार इसे कम या अधिक किया जा सकता है। शाखा में 'कार्यवाह' का दायित्व सबसे बड़ा होता है। उसके बाद शाखाओं का दैनिक कार्य सुचारु रूप से चलाने के लिए 'मुख्य शिक्षक' का पद होता है, जो भी सदस्य शाखा में स्वयं की इच्छा से आता है, वह 'स्वयंसेवक' कहलाता है। शाखा लगाने व शाखा में सभी कार्यक्रम कराने और शाखा क्षेत्र के स्वयंसेवकों से संपर्क करने का दायित्व 'मुख्य शिक्षक' का ही होता है। हालाँकि इन कार्यों में उसकी सहायता कोई भी स्वयंसेवक कर सकता है। निर्धारित समय पर जब कुछ स्वयंसेवक आ जाते हैं तो सबसे पहले 'संघ स्थान' पर एक निर्धारित जगह पर भगवा ध्वज लगाया जाता है। सभी लोग ध्वज को प्रणाम करते हैं और शाखा प्रारंभ हो जाती है, जो लोग देर से आते हैं, वे पहले ध्वज को प्रणाम करते हैं, फिर मुख्य शिक्षक को प्रणाम करके शाखा में सम्मिलित होने की आज्ञा लेते हैं। संघ में भगवा ध्वज को ही 'गुरु' माना जाता है किसी व्यक्ति को नहीं, इसलिए जब ध्वज लगा होता है तो स्वयंसेवक आपस में नमस्कार नहीं करते। ध्वज उतर जाने के बाद ही आपस में नमस्कार किया जा सकता है।

शाखा का समय प्राय: एक घंटे का होता है। आवश्यकतानुसार इसे कम या अधिक किया जा सकता है। शाखा में 'कार्यवाह' का दायित्व सबसे बड़ा होता है। उसके बाद शाखाओं का दैनिक कार्य सुचारु रूप से चलाने के लिए 'मुख्य शिक्षक' का पद होता है, जो भी सदस्य शाखा में स्वयं की इच्छा से आता है, वह 'स्वयंसेवक' कहलाता है।

शाखा में कार्यक्रम

शाखा में कई कार्यक्रम होते हैं, जैसे—प्रात:स्मरण या एकात्मता स्तोत्र, व्यायाम, खेल-कूद, योग-प्राणायाम, सूर्य नमस्कार, बौद्धिक आदि।

स्वयंसेवकों की उम्र के अनुसार ही व्यायाम और खेलों का चयन किया जाता है। शाखा में एक-से-एक देशी खेल खेले जाते हैं, जो शारीरिक, मानसिक और बौद्धिक कुशाग्रता बढ़ाने में सहायक होते हैं। शाखा में लाठी, भाला, तलवार, फरसा जैसे हथियार चलाने का भी प्रशिक्षण दिया जाता है, जिनको शारीरिक कार्यक्रम कहा जाता है। ये सभी कुल मिलाकर लगभग 40 मिनट तक होते हैं। फिर गोल घेरे में या पंक्तियों में जमीन पर बैठकर बौद्धिक कार्यक्रम होते हैं, जैसे—गीत, सुभाषित, प्रेरक प्रसंग, महापुरुषों की जीवनी, प्रवचन आदि। गीत और सुभाषित सामूहिक होते हैं। समसामयिक विषयों पर चर्चा भी होती है। सभी बौद्धिक कार्यक्रम लगभग 20 मिनट के होते हैं, जिन्हें एक स्वयंसेवक बोलता है और बाकी सब दोहराते हैं। प्रार्थना के बाद सभी स्वयंसेवक 'ध्वज प्रणाम' करते हैं। प्रार्थना बोलने वाला स्वयंसेवक ध्वज उतार लेता है। उसके बाद शाखा संपन्न होती है।

शाखा में कार्यक्रम की झलकी

शाखाएँ निम्न प्रकार की होती हैं—

प्रभात शाखा : सुबह लगने वाली शाखा को 'प्रभात शाखा' कहते हैं।

सायं शाखा : शाम को लगने वाली शाखा को 'सायं शाखा' कहते हैं।

रात्रि शाखा : रात्रि को लगने वाली शाखा को 'रात्रि शाखा' कहते हैं।

मिलन : सप्ताह में एक या दो बार लगने वाली शाखा को 'मिलन' कहते हैं।

संघ-मंडली : महीने में एक या दो बार लगने वाली शाखा को 'संघ-मंडली' कहते हैं।

एक नजर में शाखा के कार्यकर्ता और उनके काम

शाखा कार्यवाह : यह शाखा क्षेत्र का प्रमुख होता है। मुख्य शिक्षक व शाखा टोली को सँभालना, उनका विकास करना और अभिभावकों से संपर्क व संवाद रखना, शाखा को मुहल्ले-टोलों से जोड़ना 'शाखा कार्यवाह' का मुख्य काम होता है।

मुख्य शिक्षक : एक-डेढ़ घंटे की शाखा के कार्यक्रमों की रचना व संचालन, गट, गण व्यवस्था को विकसित करना और कार्यक्रमों का संचालन करना मुख्य शिक्षक के काम हैं।

गण शिक्षक : संघ स्थान पर अपने गण को संचालित करना, उत्साह व मस्ती से परिपूर्ण शारीरिक कार्यक्रमों की संरचना एवं क्रियान्वयन, साथ ही गटनायकों व अपने स्वयंसेवकों से स्नेह संबंध रखना गण शिक्षक की जिम्मेदारी है।

गट नायक : अपने मुहल्ले, गली में नेतृत्व प्रदान करने वाला गटनायक कहलाता है। अपने गट के स्वयंसेवकों व उनके परिजनों व अन्य नए बंधुओं से संपर्क-संवाद स्थापित करना तथा उनको शाखा में लाना व उनके सुख-दुःख में सहभागी होना गट नायक के मुख्य काम हैं। शाखा क्षेत्र के प्रत्येक घर से संपर्क तथा घर-घर में स्वयंसेवक बनाने में गटनायक की मुख्य भूमिका होती है।

शाखा के अतिरिक्त अन्य गतिविधियाँ

शाखा संपन्न होने के बाद संघ के कार्यकर्ता अन्य कई ऐसी गतिविधियाँ करते हैं, जिनसे संघ का समाज में प्रभाव बढ़े, सामूहिकता और समाज में प्रेम बढ़े—

स्वच्छता अभियान और लोगों को जागरूक करना : स्वयंसेवक शाखा विकिर के बाद अपने संघ स्थान के आस-पास सफाई, जैसे कि कूड़ा-करकट हटाना, गली-नली साफ करने से लेकर सफाई के अन्य काम पर पूरा ध्यान रखते हैं। वहाँ के लोगों को जागरूक करते हैं और उन्हें सफाई का महत्त्व बताते हैं। यहाँ तक कि दुर्गा पूजा, दीवाली, छठ और दूसरे त्योहारों के मौके पर जब प्रशासन की ओर से सफाई की मुकम्मल व्यवस्था नहीं की जाती है, तब भी स्वयंसेवक स्थानीय लोगों की सहायता से सफाई की व्यवस्था दुरुस्त कर देते हैं।

मलिन बस्तियों में सेवा : अभावग्रस्त कॉलोनियों और मलिन बस्तियों में स्वयंसेवक अपनी सेवा निरंतर देते रहते हैं। वह सेवा हर प्रकार की होती है, जैसे शिक्षा केंद्र चलाना, सायंकालीन या रात्रि पाठशाला, स्वास्थ्य शिविर, अन्न और वस्त्र दान इत्यादि।

सामूहिक बैठक : संघ स्थान पर सामूहिक बैठक कर कई तरह के बात- विचार किए जाते हैं। आगे किस प्रकार से काम करना है और भावी योजनाओं तथा उनके कियान्वयन की रणनीति बैठक में बनती है। किस स्वयंसेवक को किस प्रकार की आवश्यकता है, संघ का कैसे विस्तार हो, कैसे संगठन मजबूत हो, जैसे कई बिंदुओं पर रूपरेखा बैठक में बनाई जाती है। बैठक का समय डेढ़ घंटे होता है। बैठक का प्रारूप पहले से तय रहता है।

सहभोज : भागमभाग की जिंदगी में खुशी लाना और उसे अपने साथियों के बीच साझा करने का उदाहरण है स्वयंसेवकों का सहभोज। यह आयोजन शाखा मंडली स्तर पर होता है, सभी स्वयंसेवक अपने-अपने घर से भोजन बनाकर एक जगह बैठकर एक-दूसरे को खिलाते और परम आनंद महसूस करते हैं। यहाँ स्वयंसेवक किसी भी जाति का हो, कोई फर्क नहीं पड़ता। संघ यह जानना भी नहीं चाहता कि मेरा स्वयंसेवक किस-किस जाति से है। 'हिंदू-हिंदू, भाई-भाई, जात-पाँत कहाँ से आई' का संदेश देने वाले संघ के सहभोज कार्यक्रम में हर जाति के लोगों की एक साथ और एक पंगत में बैठकर भोजन करने की परंपरा लंबे अरसे से चली आ रही है।

यहाँ स्वयंसेवक किसी भी जाति का हो, कोई फर्क नहीं पड़ता। संघ यह जानना भी नहीं चाहता कि मेरा स्वयंसेवक किस-किस जाति से है। 'हिंदू-हिंदू, भाई-भाई, जात-पाँत कहाँ से आई' का संदेश देने वाले संघ के सहभोज कार्यक्रम में हर जाति के लोगों की एक साथ और एक पंगत में बैठकर भोजन करने की परंपरा लंबे अरसे से चली आ रही है।

गणगीत : पाँच मिनट तक का समय गीत के लिए निश्चित किया जाता है, जिसमें राष्ट्रभक्ति य देशभक्ति की आराधना के गीत गाए जाते हैं। गीत को सामूहिक तौर पर गाया जाता है, जिससे स्वयंसेवकों में गीत गायन का अभ्यास होता है और झिझक भी दूर होती है। ये गीत परिस्थिति, समय और समसामयिक घटनाक्रमों पर भी आधारित होते हैं। कुछ गीतो सबसे अंतिम अध्याय में वर्णित किए गए हैं।

संघ की प्रार्थना

संघ के कार्यक्रम में सबसे शुरू और कभी-कभी सबसे अंत में प्रार्थना कराई जाती है। पहले संघ की प्रार्थना मराठी में गाई जाती थी। पुणे के नरहरि नारायण भिडे द्वारा प्रार्थना का संस्कृत में रूपांतरण किया गया। इस

प्रार्थना को सबसे पहले 23 अप्रैल, 1940 को पुणे के संघ शिक्षा वर्ग में यादव राव जोशी ने वर्तमान बोली जाने वाली लय में गाया। संघ की प्रार्थना पूरी संस्कृत में है, लेकिन आखिरी की पंक्ति हिंदी में है। यह प्रार्थना संघ की शाखा जब समाप्त होती है, तब ध्वज के सामने गाई जाती है। पूरी प्रार्थना इस प्रकार है—

नमस्ते सदा वत्सले मातृभूमे
त्वया हिन्दुभूमे सुखं वर्धितोऽहम्
महामङ्गले पुण्यभूमे त्वदर्थे।
पतत्वेष कायो नमस्ते नमस्ते
प्रभो शक्तिमन् हिंदूराष्ट्राङ्गभूता
इमे सादर त्वाँ नमामो वयम्
त्वदीयाय कार्याय बद्धा कटीयम्
शुभामाशिषं देहि तत्पूर्तये
अजय्यां च विश्वस्य देहीश शक्तिम्
सुशील जगद्येन नम्र भवेत्
श्रुतं चैव यत्कण्टकाकीर्णमार्गम्
स्वयं स्वीकृतं नः सुगंकारयेत्
समुत्कर्षनिः श्रेयसस्यैकमुग्रम्
पर साधनं नाम वीरव्रतम्
तदन्तः स्फुरत्वक्षया ध्येयनिष्ठा
इदन्तः प्रजागर्तु तीव्राउ निशम्।
विजेत्री च नः संहता कार्यशक्तिर्
विधायास्य धर्मस्य संरक्षणम्
पर वैभव नेतुमेतत् स्वराष्ट्रम्
समर्था भवत्वाशिषा ते भृशम्
॥ भारतमाता की जय॥

हिंदी अर्थ

हे वात्सल्यमयी मातृभूमि! तुम्हें सदा प्रणाम। इस मातृभूमि ने हमें अपने बच्चों की तरह स्नेह और ममता दी है। इस हिंदू भूमि पर सुखपूर्वक मैं बड़ा हुआ हूँ। यह भूमि महामंगलमय और पुण्यभूमि है। इस भूमि की रक्षा के लिए मैं यह नश्वर शरीर मातृभूमि को अर्पण करते हुए इस भूमि को बार-बार प्रणाम करता हूँ।

हे सर्वशक्तिमान परमेश्वर! इस हिंदू राष्ट्र के घटक के रूप में मैं तुमको सादर प्रणाम करता हूँ। आपके ही कार्य के लिए हम कटिबद्ध हुए हैं। हमें इस कार्य को पूरा करने के लिए आशीर्वाद दें। हमें ऐसी अजेय शक्ति दीजिए कि सारे विश्व में हमें कोई न जीत सके और ऐसी नम्रता दें कि पूरा विश्व हमारी विनयशीलता के सामने नतमस्तक हो। यह रास्ता काँटों से भरा है, इस कार्य को हमने स्वयं स्वीकार किया है और इसे सुगम कर काँटों रहित करेंगे।

ऐसा उच्च आध्यात्मिक सुख और ऐसी महान् ऐहिक समृद्धि को प्राप्त करने का एकमात्र श्रेष्ठ साधन उग्र वीरव्रत की भावना हमारे अंदर सदैव जलती रहे। तीव्र और अखंड ध्येय निष्ठा की भावना हमारे अंत:करण में जलती रहे। आपकी असीम कृपा से हमारी यह विजयशालिनी संघटित कार्यशक्ति हमारे धर्म का संरक्षण कर इस राष्ट्र को परम वैभव पर ले जाने में समर्थ हो।

॥ भारतमाता की जय॥

शाखा जाने के मायने

संघ में अनुशासन का बहुत महत्त्व है। स्वयंसेवक इसकी शिक्षा शाखा में ही पाते हैं। शाखा में सभी स्वयंसेवक मुख्य शिक्षक की आज्ञा मानते हैं और उनके अनुसार सब काम करते हैं। इस अनुशासन को कोई भी नहीं तोड़ता। शाखा में सभी एक-दूसरे को आदरपूर्वक संबोधित करते हैं और प्रथम नाम या मूल नाम के पीछे जी लगाकर बोलते हैं, जैसे कि मोदीजी, अटलजी, आडवाणीजी, चाहे वह व्यक्ति उम्र में बड़ा हो या छोटा हो। कुलनामों का

उच्चारण शाखा में नहीं किया जाता। शाखा में एक-दूसरे की जाति-गोत्र आदि पूछना या बताना मना है।

शाखा एक घंटे या फिर अधिक-से-अधिक डेढ़ घंटे की होती है। यह प्रतिदिन नियमित समय पर लगती है व संपन्न होती है। शाखा का जो समय निश्चित किया जाता है, ठीक उसी समय लगती व समाप्त होती है। इससे स्वयंसेवकों में समय पर कार्य करने व समय प्रबंधन का अभ्यास होता है। यह एक घंटे का समय स्वयंसेवक को सभी काम समय पर करने की आदत डालता है। यही नहीं, इस एक घंटे में स्वयंसेवक राष्ट्रभक्ति, सामाजिक समरसता और जीवन के आदर्श व मूल्यों का जो पाठ पढ़ता है, उसकी कल्पना बिना शाखा जाए कोई नहीं कर सकता है। शाखा जाने वाले स्वयंसेवकों से बात करके आप इसका थोड़ा-बहुत अंदाजा जरूर लगा सकते हैं, इसलिए आरएसएस में अधिक-से-अधिक शाखा लगाने पर बहुत जोर दिया जाता है, क्योंकि यह संघ के विचारों को प्रचारित व प्रसारित करने का सबसे सशक्त माध्यम है।

शाखा का जो समय निश्चित किया जाता है, ठीक उसी समय लगती व समाप्त होती है। इससे स्वयंसेवकों में समय पर कार्य करने व समय प्रबंधन का अभ्यास होता है। यह एक घंटे का समय स्वयंसेवक को सभी काम समय पर करने की आदत डालता है। यही नहीं, इस एक घंटे में स्वयंसेवक राष्ट्रभक्ति, सामाजिक समरसता और जीवन के आदर्श व मूल्यों का जो पाठ पढ़ता है, उसकी कल्पना बिना शाखा जाए कोई नहीं कर सकता है।

संघ की शाखाओं से स्वयंसेवकों में नेतृत्व करने की क्षमता का विकास होता है। सबको साथ लेकर चलने व बराबर की सहभागिता का भाव उत्पन्न होता है। खेल-खेल में स्वयंसेवक ढेर सारे गुणों को आत्मसात् कर लेता है। खेल बिना किसी भेदभाव या छुआछूत के एक साथ मिलकर खेला जाता है। खेल-खेल में ही स्वयंसेवक सहायता और समस्या के निवारण का मंत्र भी

ग्रहण करता है। एक छोटा सा स्वयंसेवक किस प्रकार खेल-खेल में बड़े-बड़े स्वयंसेवकों को हराता है और नेतृत्व करने की क्षमता ग्रहण करता है, यह शाखा में ही संभव है।

संघ की शाखा में प्रतिदिन योग-व्यायाम, खेल-कूद के अभ्यास से शारीरिक व मानसिक मजबूती मिलती है। शाखा में आने वाले स्वयंसेवकों को नित्य एक नई ऊर्जा मिलती है, जो पूरे दिन उनका उत्साहवर्धन करती है। इससे मनोबल बढ़ता है और बड़ी सोच व बड़े काम के प्रति स्वयंसेवक उन्मुख होता है। साथ ही—

- संघ की शाखा से समाज में तारतम्यता स्थापित करने की क्षमता का विकास होता है।
- संघ की शाखा से जाति-पाँति से परे विचार करने की क्षमता का विकास होता है।
- संघ की शाखा से पूरे भारतवर्ष को अपना परिवार व विश्वबंधुत्व की भावना को अपनाने का भाव आता है।
- स्वयंसेवक किसी भी प्रकार के भय से भयभीत नहीं होते। विकट परिस्थितियों में भी धैर्य व साहस से काम करने की क्षमता विकसित होती है।

- संघ का प्रशिक्षण हथियार चलाने की दक्षता विकसित करता है, इससे स्वयंसेवकों का पराक्रम बढ़ता है।
- शाखा में एक-दूसरे के सुख-दुःख अनुभव करने का भाव विकसित होता है। इससे स्वयंसेवकों में लोककल्याण और परोपकार का भाव आता है।
- शाखा में वैदिक काल से लेकर रामायण, महाभारत काल तक की प्रेरणादायी घटनाओं और पात्रों की कहानियाँ सुनाई जाती हैं। मुगलकाल से लेकर अंग्रेजकालीन भारत में हुए देश के नायकों के शौर्य और पराक्रम के बारे में बताया जाता है। इससे नई पीढ़ी भारत के गौरवशाली अतीत और स्वर्णिम इतिहास से परिचित होती है। पूर्वजों के त्याग और बलिदान की कहानियाँ किशोरों और नौजवानों में देश व समाज के लिए कुछ करने की प्रेरणा जगाती हैं।

□

संघ शिक्षा वर्ग

वर्ष 1925 में जब संघ प्रारंभ हुआ तो संघ के संस्थापक डॉ. हेडगेवार स्वयंसेवकों को सैन्य प्रशिक्षण देना चाहते थे। उनकी सोच थी कि अनुशासन तथा समूह भावना के निर्माण में यह सहायक हो सकता है, इसलिए वे अपने संपर्क के कुछ पूर्व सैनिकों को बुलाकर रविवार की परेड में सैन्य प्रशिक्षण दिलवाते थे, इसलिए प्रारंभ के कुछ वर्षों तक संघ में सेना की तरह अंग्रेजी आदेश, क्रास बेल्ट, कंधे पर आरएसएस का बैज आदि प्रचलित थे। ऐसी ही वेशभूषा पहने डॉ. हेडगेवार का एक चित्र भी अकसर देखा जाता है। संघ के विकास और विस्तार के साथ क्रमश अंग्रेजी के बदले संस्कृत आदेशों का प्रचलन हुआ। संघ स्थापना के कुछ समय बाद डॉ. हेडगेवार को यह भी समझ में आया कि संगठन के विस्तार के लिए सप्ताह में एक दिन और

कुछ घंटे का प्रशिक्षण काफी नहीं है। अत: जून 1927 से मोहिते बाड़े वाले संस्थान में 40 दिवसीय प्रशिक्षण की व्यवस्था की गई। इसमें सैन्य प्रशिक्षण के अलावा लाठी-काठी जैसी चीजें भी होती थीं। सुबह चार घंटे शारीरिक तथा दोपहर में बौद्धिक कार्यक्रम होते थे। इसी में क्रमश: संघ शिक्षा वर्ग का स्वरूप बना। पहले इन्हें ओ.टी.सी. (ऑफिसर्स ट्रेनिंग कैंप या अधिकारी शिक्षण वर्ग) कहा जाता था। इसी क्रम में आगे चलकर दस दिवसीय वर्ग को आई.टी.सी. (इंस्ट्रक्टर ट्रेनिंग कैंप) कहा गया। अब एक सप्ताह तक चलने वाले इन वर्गों को 'प्राथमिक शिक्षा वर्ग' कहते हैं।

संघ शिक्षा वर्ग की अवधि 30 से 25 और फिर 20 दिन की हो गई। बीच में कुछ समय के लिए 15 दिन के प्रथम वर्ष तथा 25 दिन के द्वितीय वर्ष का प्रयोग भी हुआ। पर अब काफी समय से प्रथम और द्वितीय वर्ष के वर्ग 20 दिन के ही होते हैं। तृतीय वर्ष का वर्ग अब 25 दिन का होने लगा है।

काफी समय बाद संघ शिक्षा वर्ग की अवधि 30 से 25 और फिर 20 दिन की हो गई। बीच में कुछ समय के लिए 15 दिन के प्रथम वर्ष तथा 25 दिन के द्वितीय वर्ष का प्रयोग भी हुआ। पर अब काफी समय से प्रथम और द्वितीय वर्ष के वर्ग 20 दिन के ही होते हैं। तृतीय वर्ष का वर्ग अब 25 दिन का होने लगा है। प्रथम वर्ष का वर्ग प्रांत के अनुसार, द्वितीय वर्ष का क्षेत्र के अनुसार, तृतीय वर्ष का वर्ग पूरे देश का एक साथ नागपुर में ही होता है। इसमें सभी स्वयंसेवकों को संघ के अखिल भारतीय स्वरूप का ज्ञान होता है। भिन्न-भिन्न भाषाओं वाले स्वयंसेवक जब 25 दिन एक साथ रहते हैं तो अद्भुत अनुभव होते हैं। गत कुछ सालों से विशेष वर्ग भी होने लगे हैं। इनमें प्रौढ़ तथा स्नातक वर्ग प्रमुख हैं। संघ ने संगठन के हिसाब से देश को 41 प्रांत और 11 क्षेत्रों में बाँट रखा है।

एक सप्ताह वाले प्राथमिक शिक्षा वर्ग एक जिले या दो-तीन जिलों को मिलाकर लगते हैं। ये विद्यार्थी, कर्मचारी, व्यापारी, किसान आदि की

सुविधानुसार हर मौसम में होते हैं। प्राथमिक वर्ग के बाद ही स्वयंसेवक 20 दिवसीय संघ शिक्षा वर्ग में जा सकता है।

संघ शिक्षा वर्ग निम्न प्रकार के होते हैं—

दीपावली वर्ग—यह वर्ग तीन दिनों का होता है। यह वर्ग तालुका या नगर स्तर पर आयोजित किया जाता है। यह हर साल दीपावली के आसपास आयोजित होता है।

शीत शिविर या हेमंत शिविर—यह वर्ग तीन दिनों का होता है, जो जिला या विभाग स्तर पर आयोजित किया जाता है। यह हर साल दिसंबर में आयोजित होता है।

निवासी वर्ग : यह वर्ग शाम से सुबह तक होता है। यह वर्ग हर महीने होता है। यह वर्ग शाखा, नगर या तालुका द्वारा आयोजित होता है।

बौद्धिक वर्ग : यह वर्ग हर महीने दो महीने या तीन महीने में एक बार होता है, जिसे सामान्यतः नगर या तालुका आयोजित करता है।

शारीरिक वर्ग : यह वर्ग हर महीने, दो महीने या तीन महीने में एक बार होता है। यह वर्ग सामान्यतः नगर या तालुका आयोजित करता है।

संघ शिक्षा वर्ग : प्राथमिक वर्ग, प्रथम वर्ष, द्वितीय वर्ष और तृतीय वर्ष—कुल चार प्रकार के संघ शिक्षा वर्ग होते हैं। प्राथमिक वर्ग एक सप्ताह का होता है।

प्रथम और द्वितीय वर्ग : 20-20 दिन के होते हैं, जबकि तृतीय वर्ग 25 दिनों का होता है। प्राथमिक वर्ग का आयोजन सामान्यतः जिला करता है। प्रथम संघ शिक्षा वर्ग का आयोजन सामान्यतः प्रांत करता है। द्वितीय संघ शिक्षा वर्ग का आयोजन सामान्यतः क्षेत्र करता है, परंतु तृतीय संघ शिक्षा वर्ग हर साल संघ मुख्यालय नागपुर में ही होता है।

महत्त्व

अकसर आप उच्च पदस्थ स्वयंसेवकों को भी गर्व से यह कहते सुनते हैं कि "मैं प्रथम वर्ष, द्वितीय वर्ष हूँ या तृतीय वर्ष हूँ।" यह शिक्षा वर्ग है, जो

एक ऐसी साधना की तरह होता है, जिससे गुजरकर स्वयंसेवक खरा सोना बनता है। शिक्षा वर्ग के चारों वर्ष के प्रशिक्षण के बाद कोई भी व्यक्ति संघ के संस्कार में पूरी तरह संस्कारित हो जाता है। उसके बाद वह एक हार्डकोर स्वयंसेवक के रूप में तब्दील हो जाता है।

प्रशिक्षण वर्ग का स्वयंसेवक तथा संगठन दोनों को लाभ होता है। वर्ग में आकर शिक्षार्थी पूरी तरह से संघ के रंग में रँग जाता है। प्रांत से लेकर केंद्रीय स्तर के संघ के वरिष्ठ कार्यकर्ता वहाँ मौजूद रहते हैं। वे भी वहीं साथ में रहते और खाते-पीते-सोते हैं और व्यक्तित्व तथा राष्ट्रवाद का विकास करने वाली गतिविधियों में शामिल होते हैं। उनके साथ औपचारिक तथा अनौपचारिक बातचीत में शिक्षार्थी की संघ संबंधी जानकारी बढ़ती है। उनके मन की जिज्ञासाओं का समाधान होता है, जो सदा उनके जीवन को दिशा देती हैं।

प्रत्येक स्वयंसेवक में कुछ प्रतिभाएँ छिपी रहती हैं। कोई अच्छा वक्ता हो सकता है तो कोई लेखक। कोई अच्छा गायक हो सकता है तो कोई खिलाड़ी, किसी में तर्कशक्ति प्रबल होती है तो किसी में श्रद्धा और समर्पण। वर्ग के कार्यक्रमों में उनकी ये प्रतिभाएँ प्रकट होती हैं, निखरती हैं। अनुभवी कार्यकर्ता इसे पहचानकर उसे विकसित करने का प्रयास करते हैं, इसका लाभ स्वयंसेवक को जीवन भर मिलता है।

वर्ग में स्वयंसेवक की शारीरिक और मानसिक क्षमता बढ़ती है। इसका लाभ वर्ग के बाद उसकी शाखा को मिलता है, इससे शाखा की गुणवत्ता बढ़ती है तथा नए स्थानों पर शाखाओं का विस्तार होता है।

> *वर्ग में सब एक साथ रहते, खेलते और खाते-पीते हैं। पड़ोसी स्वयंसेवक किस जाति, क्षेत्र, आर्थिक स्थिति का है, वह किसान है या मजदूर, वकील है या डॉक्टर, छात्र है या शिक्षक, व्यापारी है या कामगार, नौकरी करता है या बेरोजगार, धनी है या गरीब, पी-एच.डी. धारक है या ननमैट्रिक, सारे भेदभाव गौण हो जाते हैं।*

वर्ग में सब एक साथ रहते, खेलते और खाते-पीते हैं। पड़ोसी स्वयंसेवक किस जाति, क्षेत्र, आर्थिक स्थिति का है, वह किसान है या मजदूर, वकील है या डॉक्टर, छात्र है या शिक्षक, व्यापारी है या कामगार, नौकरी करता है या बेरोजगार, धनी है या गरीब, पी-एच.डी. धारक है या ननमैट्रिक, सारे भेदभाव गौण हो जाते हैं। बस वह सिर्फ और सिर्फ स्वयंसेवक रहकर अपने व्यक्तित्व के अच्छे गुणों को बिखेरने के काम में तल्लीन रहता है और 'भारत माता सबकी माता', 'सब आपस में भाई-भाई' के संकल्प के साथ एकजुट होकर काम करने की भावना का संदेश बाँटता रहता है।

वर्ग के अनुशासन और दिनचर्या का स्वयंसेवक के जीवन पर बहुत प्रभाव पड़ता है। घर में वह अपने मन से सोता-जागता, खाता और रहता है, पर वर्ग में वह जमीन पर अपना बिस्तर लगाकर सबके साथ सोता है। प्रातः चार बजे से रात दस बजे तक की कठिन दिनचर्या का पालन करता है। अपने बरतन और कपड़े स्वयं धोता है। भोजन अति साधारण और निश्चित समय पर करता है। वर्ग में प्रत्येक शिक्षार्थी को अपनी बारी आने पर भोजन वितरण भी करना होता है। इस प्रकार उनमें स्वावलंबन की भावना का विकास होता है। इससे स्वयंसेवक जीवन के किसी क्षेत्र में जल्दी हारता नहीं है।

वर्ग का संचालन संघ के पैसे से नहीं होता है, बल्कि इसके लिए हर

शिक्षार्थी से शुल्क लिया जाता है। स्वयंसेवक सारा खर्चा खुद उठाते हैं। वर्ग की व्यवस्था सँभालने के लिए बड़ी संख्या में अनुभवी कार्यकर्ता भी वहाँ रहते हैं। उनमें से अधिकांश शारीरिक और बौद्धिक शिक्षण की व्यवस्था देखते हैं, जबकि बुजुर्ग कार्यकर्ता भोजन, पानी, चिकित्सा, यातायात व्यवस्था का जिम्मा सँभालते हैं। हर कोई अपनी व्यवस्था के खर्च के पैसे खुद देता है।

संघ के प्रशिक्षण वर्गों में शिक्षार्थी यह सोचकर आता है कि उसे अपने क्षेत्र की शाखा को प्रभावी बनाने के लिए प्रशिक्षण लेना है, इसलिए वह पूर्ण मनोयोग से प्रत्येक कार्यक्रम में भाग लेता है। वह किसी के दबाव या लालच से नहीं अपितु अपनी इच्छा से वर्ग में आता है, इसलिए देश के अन्य संगठनों के ट्रेनिंग कैंपों में जहाँ कई तरह की कुव्यवस्थाएँ देखने को मिलती हैं, वहीं संघ के प्रशिक्षण वर्ग में चारों ओर परस्पर प्रेम, सहयोग, सद्भाव और अनुशासन की गंगा बहती दिखाई देती है।

जिस स्थान पर वर्ग लगते हैं, वहाँ की शाखा और कार्यकर्ताओं को भी इसका सीधा लाभ होता है। वर्ग के लिए कई तरह की व्यवस्थाएँ करनी होती हैं। समाज के प्रभावी लोगों तथा संस्थाओं से संपर्क कर वर्ग के लिए साधन जुटाने होते हैं। अत: निष्क्रिय कार्यकर्ता भी सक्रिय हो जाते हैं। स्थानीय कार्यकर्ता नए-नए लोगों को वर्ग दिखाने के लिए लाते हैं, इससे वे भी संघ से जुड़ते हैं। वर्ग के दौरान पथ संचलन तथा सार्वजनिक समापन कार्यक्रम से स्थानीय हिंदू समाज में उत्साह का माहौल बनता है।

□

प्रचारक, उनकी भूमिका और गौरवशाली परंपरा

आरएसएस के प्रचारक कौन होते हैं, कैसे बनते हैं, इसकी चर्चा हम आरएसएस की संरचना वाले अध्याय में कर चुके हैं, जैसा कि हम बता चुके हैं कि संघ में प्रचारक की अहम भूमिका होती है। वे पूर्णकालिक कार्यकर्ता होते हैं, जो जिला स्तर से लेकर राज्य स्तर पर संघ की सारी गतिविधियों के सूत्रधार होते हैं। क्षेत्रीय और राष्ट्रीय स्तर तक प्रचारकों का बड़ा ही व्यवस्थित नेटवर्क है, जो संघ के सभी कियाकलापों के कियान्वयन और निगरानी करते हैं। इन सबके अतिरिक्त संघ के शीर्ष अधिकारी सरसंघचालक और दूसरे स्तर पर सरकार्यवाह भी प्रचारक ही होते हैं। ग्रास रूट लेवल से लेकर शीर्ष तक संघ की सबसे बड़ी ताकत प्रचारक होते हैं। अविवाहित और

परिवार से अलग रहकर समाज के लिए अपना जीवन होम करने वाले प्रचारक त्याग की प्रतिमूर्ति होते हैं। उनका जीवन सादगी, मेहनत और आदर्शों वाला होता है। वे प्रचारक बनने के साथ अपना घर त्याग देते हैं। उनका अपना कुछ नहीं होता है—न परिवार, न पत्नी और न बाल-बच्चे। उनके लिए हर भारतीय बधु-बांधव होता है और देश परिवार। कई प्रचारकों के जीवन को मैंने नजदीक से देखा है, कई प्रचारकों के बारे में सुना है। कई महान् प्रचारकों ने भारतीय संस्कृति में संन्यास की उस महान् परंपरा का प्रतिनिधित्व किया है और कर रहे हैं, जिस परंपरा में जंगलों में रहने वाले महान् ऋषि-मुनियों के पास जाकर उस समय की राजसत्ता सिर नवाती थी। आम प्रचारकों के जीवन को भी आप देखेंगे तो पाएँगे कि त्याग की ऐसी दूसरी मिसाल दुर्लभ है। एक बार कोई स्वयंसेवक प्रचारक बनकर अपना घर छोड़ता है तो विशेष मौके पर ही कभी-कभार घर जाता है। वह परिव्राजक का जीवन जीता है। वह संघ कार्यालय में या प्रवास के दौरान सारा काम खुद से करता है।

प्रचारक माने संन्यास और फौजी अवतरण का अपूर्व संगम

संघ के प्रचारकों में भारतीय संस्कृति की महान् संन्यास परंपरा और फौजी अवतरण का अपूर्व संगम देखने को मिलता है। प्रचारकों के इस स्वरूप को समझने के लिए भारतवर्ष की संन्यास परंपरा की थोड़ी चर्चा जरूरी है। हमारा देश ऋषि-मुनियों, साधु-संन्यासियों की तपोभूमि रहा है, इन्होंने ज्ञान की ज्योति भारत में जलाई थी और उससे ही पूरा संसार आलोकित हुआ था। हमारे देश के संन्यासी कठोर तप के साथ-साथ सभी प्रकार के सुरक्षात्मक एवं युद्ध की विभिन्न कला-कौशल में भी पारंगत रहे हैं। भारतीय संन्यासियों के अभूतपूर्व व्यक्तित्व से प्रभावित होकर ही महान् दार्शनिक अरस्तु ने विश्वविजय के लिए निकले अपने शिष्य सिकंदर से कहा था कि 'अपने साथ एक भारतीय संन्यासी अवश्य ले आना।' इतिहास इस बात का भी गवाह है कि झेलम नदी तट पर एक कुटिया में रहने वाले महान् ऋषि दांडयायन के समक्ष सिकंदर ने अपने गुरु की इच्छा जाहिर की थी। महर्षि

दांडयायन ने न केवल जाने से इनकार किया, बल्कि अपने जवाब से सिकंदर को परास्त कर दिया था। इतिहास गवाह है कि विश्वविजय के लिए निकला सिकंदर दांडयायन के समक्ष नतमस्तक हो गया, उसकी सेना झेलम नदी पार नहीं कर पाई और वापस यूनान लौट गई।

भारतीय संन्यासियों की महानता का एक और उदाहरण, आक्रांताओं के दुष्प्रभाव से तिब्बत में संस्कृति और ज्ञान का सूर्य अस्त हो रहा था। वहाँ के सम्राट् ने विक्रमशिला विश्वविद्यालय (बिहार के भागलपुर जिले में 8वीं शताब्दी में पाल राजा धर्मपाल द्वारा स्थापित) के प्रधान शिक्षक श्री ज्ञान अतिश दीपंकर को अनुरोध भेजवाया कि वे तिब्बत आकर यहाँ के युवाओं को सभ्यता और संस्कृति का पाठ पढ़ाएँ तथा बदले में मुँहमाँगा पारिश्रमिक प्राप्त करें। यहाँ तक कि सम्राट् अपने राजकोष का सारा सोना देने तैयार हो गए थे, मगर दीपंकर बहुत मनाने पर बिना कीमत लिये तिब्बत गए और वहाँ की सभ्यता-संस्कृति की रक्षा की तथा तिब्बतवासियों के बीच भगवान् का दर्जा पाया। आज भी तिब्बत में भगवान् के रूप दीपंकर की पूजा होती है।

भारत में प्राचीन काल में राजा-महाराजा अपने राजकुमारों को निर्जन जंगलों में बने ऋषि-मुनियों के आश्रमों में पढ़ने के लिए भेजते थे। सांदीपनि ऋषि के आश्रम में श्रीकृष्ण और विश्वामित्र ऋषि के आश्रम में राम-लक्ष्मण तैयार हुए थे। भारतीय संन्यासियों की इसी महत्ता को भारत के प्रथम प्रधानमंत्री पंडित जवाहरलाल नेहरू ने अमेरिकी राष्ट्रपति केनेडी के

समक्ष इंगित किया था। प्रसंग है कि अमेरिकी दौरे पर गए नेहरू के सम्मान में केनेडी ने एक भोज का आयोजन किया था, इस भोज में शामिल लोगों से परिचय कराते हुए केनेडी ने पंडित नेहरू से कहा था कि "ये सारे लोग खरबपति हैं।" इस पर पंडित नेहरू ने जवाब दिया—"मिस्टर केनेडी! हमारे देश में जो सब कुछ त्यागकर संन्यास धारण कर लेता है, उसके साथ संगत और पंगत करना गर्व की बात मानी जाती है। हमारे यहाँ संन्यासियों की सत्ता सभी सत्ताओं से ऊपर होती है। राजसत्ता हो या धन की सत्ता, सब लोग उनके सामने नतमस्तक होते हैं।"

संन्यासियों को राजसत्ता से ऊपर इसलिए भी माना गया है कि जब-जब राष्ट्र पर संकट आया तो हमारे देश के संन्यासियों ने राष्ट्र-रक्षा धर्म निभाने का काम भी बड़े शानदार ढंग से किया है। विदेशी आक्रमणकारियों के खिलाफ देश को बचाने में संन्यासियों के युद्ध कौशल के एक से एक उदाहरण से इतिहास के पन्ने भरे पड़े हैं। ऐतिहासिक घटनाएँ बताती हैं कि इसलामिक आतंकवादियों ने दुनिया भर में ज्ञान की रोशनी बिखेरने वाले नालंदा व विक्रमशिला विश्वविद्यालयों को तहस-नहस किया। इसी पीड़ा को समेटे संन्यासियों ने मुसलिम शासकों, विशेषकर औरंगजेब से घमासान लड़ाई लड़ी। नागा साधुओं द्वारा लड़ी गई यह लड़ाई हरिद्वार तथा वाराणसी को बचाने में सफल रही। अंग्रेजी सत्ता के खिलाफ भी सबसे कड़ा प्रतिरोध संन्यासियों ने ही किया था। संन्यासी विद्रोह मुख्य रूप से बंगाल व बिहार की भूमि पर वर्ष 1770-1800 ई. के बीच हुआ था, इसी प्रकार देश के योद्धा संन्यासी चाणक्य ने चंद्रगुप्त द्वारा सेना तैयार कराई तथा क्रुर नंदवंश का नाश कर देश को बेहतर

संन्यासियों को राजसत्ता से ऊपर इसलिए भी माना गया है कि जब-जब राष्ट्र पर संकट आया तो हमारे देश के संन्यासियों ने राष्ट्र-रक्षा धर्म निभाने का काम भी बड़े शानदार ढंग से किया है। विदेशी आक्रमणकारियों के खिलाफ देश को बचाने में संन्यासियों के युद्ध कौशल के एक से एक उदाहरण से इतिहास के पन्ने भरे पड़े हैं।

शासन दिया। रामायण की घटनाएँ इस बात की गवाह हैं कि महान् संन्यासी विश्वामित्र ने बालक राम और लक्ष्मण को जंगल स्थित अपने आश्रम में रखकर ऐसी शिक्षा दी कि वे रावण और दूसरे राक्षसों को मारकर पृथ्वी को राक्षसविहीन बनाने में सफल हुए। आधुनिक काल में भारत को आजाद कराने में अपना सर्वस्व न्योछावर करने वालों में गोपाल कृष्ण गोखले, महात्मा गांधी, लाला लाजपत राय, सुभाषचंद्र बोस, सरदार भगत सिंह, चंद्रशेखर आजाद, खुदीराम बोस समेत अनगिन महान् क्रांतिकारियों के नाम इतिहास के पन्नों में स्वर्णिम अक्षरों में दर्ज हैं। जब हम इन अमर क्रांतिकारियों के व्यक्तित्व, कृतित्व का अवलोकन करते हैं तो पाते हैं कि देश के लिए इनके त्याग और तपस्या संन्यास धर्म को ही परिभाषित करते हैं।

आजादी की इसी लड़ाई के दौरान राष्ट्रीय स्वयंसेवक संघ की स्थापना भारतीय इतिहास का एक गौरवशाली अध्याय है। देश को अंग्रेजों के चंगुल से मुक्त कराने के लिए ही डॉ. केशवराव बलिराम हेडगेवार ने मात्र पाँच बालकों के साथ नागपुर के एक अखाड़े से राष्ट्रीय स्वयंसेवक संघ को शुरू किया था और देखते ही देखते आजादी की लड़ाई लड़ने वाले लाखों स्वयंसेवकों को तैयार कर दिया। आगे चलकर आरएसएस ने एक महान् देशभक्त संगठन के रूप में विश्वव्यापी स्वरूप प्राप्त किया, जिसका विराट् स्वरूप समाज और देश में आज देखने को मिल रहा है। इस संगठन ने न केवल अंग्रेजों को भारत से भगाने की लड़ाई में अहम भूमिका निभाई, बल्कि उसके बाद भी जब-जब

देश पर संकट आया, आरएसएस ने सजग प्रहरी के रूप में देश को बचाने में अपनी भूमिका निभाई। देश के भीतर के संकट के दौरान भी संघ लोगों के साथ खड़ा दिखा। संघ के योगदान के संबंध में विस्तार से चर्चा हम आगे करेंगे, फिलहाल रूस और यूक्रेन युद्ध के दौरान भी यूक्रेन में फँसे भारतीयों को मदद करने में संघ के स्वयंसेवक तत्पर दिखे, दरअसल आरएसएस के महान् प्रचारकों ने देश में स्वयंसेवकों की एक फौज तैयार की है, जो अपने कामों से संघ की पताका पूरी दुनिया में लहरा रहे हैं।

संघ के काम को जब हम देखते हैं तो पाते हैं कि राष्ट्रीय स्वयंसेवक संघ हिंदू राष्ट्रवादी अर्धसैनिक संगठन है। प्रचारक संघ की प्राणवायु हैं। वे संन्यासियों की ऐसी फौज हैं, जो जिला से लेकर प्रमंडल, राज्य और देश स्तर पर सशक्त व्यक्ति, समाज और राष्ट्र के निर्माण में जुटे हुए हैं। एक सशक्त राष्ट्रवाद और हिंदू राष्ट्र की अवधारणा को मूर्तरूप देने हेतु प्रचारकों ने स्वयंसेवकों की एक विशाल फौज देश भर में तैयार कर दी है। यह काम लगातार विदेशों में भी चल रहा है।

संघ के काम को जब हम देखते हैं तो पाते हैं कि राष्ट्रीय स्वयंसेवक संघ हिंदू राष्ट्रवादी अर्धसैनिक संगठन है। प्रचारक संघ की प्राणवायु हैं। वे संन्यासियों की ऐसी फौज हैं, जो जिला से लेकर प्रमंडल, राज्य और देश स्तर पर सशक्त व्यक्ति, समाज और राष्ट्र के निर्माण में जुटे हुए हैं। एक सशक्त राष्ट्रवाद और हिंदू राष्ट्र की अवधारणा को मूर्तरूप देने हेतु प्रचारकों ने स्वयंसेवकों की एक विशाल फौज देश भर में तैयार कर दी है।

अपना घर-द्वार छोड़कर और अविवाहित रहकर संन्यासियों जैसा जीवन जीते हुए एक सशक्त हिंदू और स्वाभिमानी राष्ट्र के निर्माण के लिए काम कर रहे प्रचारकों का जीवन नजदीक से देखने पर देश के सैनिकों जैसा लगता है। प्रचारकों की ट्रेनिंग कैंपों का मैंने अध्ययन किया है। सुबह से रात तक बौद्धिक, शारीरिक, मानसिक प्रबंधन के साथ युद्ध कला-कौशल की ट्रेनिंग दी जाती है। सीमाओं पर डटे सैनिकों का

लक्ष्य देश की सुरक्षा है, उसी तरह प्रचारकों का लक्ष्य है—देश की सुरक्षा व मजबूती और समग्र विकास।

प्रतिभाशाली प्रचारकों ने संघ को बनाया महान्

अभी स्थिति कुछ बदली है, मगर पहले प्रचारकों को कई-कई दिनों तक भूखे सोना पड़ता था। प्रचारकों के बारे में यह तय है कि अधिक-से-अधिक दूसरों के यहाँ जलपान व भोजन करना, ताकि अधिक-से-अधिक लोगों और परिवारों में संघ का प्रवेश हो। एक समय था, जब ऐसे परिवार खोजने में प्रचारकों को भूखे रह जाना पड़ता था, मगर भारत के कोने-कोने में सक्रिय लाखों देशभक्त प्रचारकों ने अपनी कठोर साधना, कौशल और मेहनत बल से आरएसएस को ऐसी स्थिति में ला खड़ा किया है, जहाँ आज प्रचारकों को अपने घर भोजन कराने में बड़े-बड़े लोग भी गौरवान्वित महसूस करते हैं। मंत्री और बड़े-बड़े अधिकारी भी प्रचारकों को खाना खिलाने के लिए इंतजार करते हैं।

हर जिले में प्रचारक होते हैं, दो जिलों को मिलाकर विभाग प्रचारक और प्रांत स्तर पर प्रांत प्रचारक होते हैं। प्रांत के अलावा कुछ राज्यों को मिलाकर

क्षेत्र प्रचारक होते हैं। सरसंघचालक, सरकार्यवाह से लेकर संघ के ज्यादातर राष्ट्रीय पदाधिकारी पूर्णकालिक प्रचारक ही होते हैं, इनके अलावा कई स्तरों पर काम को देखने के लिए प्रचारक तैनात रहते हैं।

आरएसएस के प्रचारकों का गौरवशाली इतिहास रहा है। राष्ट्रीय स्वयंसेवक संघ की स्थापना करने वाले डॉ. केशवराव बलिराम हेडगेवार से लेकर मोहन भागवत तक सभी सरसंघचालक प्रचारक ही रहे, सभी अविवाहित और घर-परिवार से अलग रहते हैं। प्रचारकों के अविवाहित रहने की शर्त बहुत कठिन है, मगर देश के प्रति समर्पित प्रचारकों की कमी संघ में कभी नहीं रही। बड़ी संख्या में नौकरियों को छोड़कर, घर की करोड़ों-अरबों की जायदाद को तिलांजलि देकर लोग प्रचारक बनते रहे हैं। वे पूरा जीवन आरएसएस और देश को समर्पित कर देते हैं। देश के दो प्रधानमंत्री ऐसे हुए, जिनका कैरियर प्रचारक से शुरू हुआ था। इनमें स्वर्गीय अटल बिहारी वाजपेयी और वर्तमान प्रधानमंत्री नरेंद्र मोदी के नाम शामिल हैं, ऐसे कुछ प्रमुख प्रचारकों के बारे में हम यहाँ संक्षेप में चर्चा करेंगे, जिनका व्यक्तित्व व कृतित्व आज भी समाज और देश को दिशा दे रहा है।

पं. दीनदयाल उपाध्याय

पंडित दीनदयाल उपाध्याय : भारतीय जनसंघ के संस्थापक और एकात्म मानववाद के प्रवर्तक पंडित दीनदयाल उपाध्याय आरएसएस के प्रख्यात प्रचारकों में शुमार हैं। वे राष्ट्र जीवन दर्शन के प्रवर्तक माने जाते हैं, उन्होंने भारत की सनातन विचारधारा को युगानुकूल रूप में प्रस्तुत करते हुए एकात्म मानववाद की विचारधारा दी। उन्हें जनसंघ की आर्थिक नीति का रचनाकार माना जाता है। पूरी दुनिया उनके एकात्म मानववाद के दर्शन से परिचित है, उन्होंने अपना

जीवन प्रचारक के रूप में शुरू किया था और आजीवन संघ के प्रचारक बने रहे। वर्ष 1937 में जब वह कानपुर से बी.ए. कर थे, अपने सहपाठी बालूजी महाशब्दे की प्रेरणा से राष्ट्रीय स्वयंसेवक संघ के संपर्क में आए। संघ के संस्थापक डॉ. हेडगेवार का सान्निध्य कानपुर में ही मिला। उपाध्यायजी ने पढ़ाई पूरी होने के बाद संघ का दो वर्षों का प्रशिक्षण पूर्ण किया और संघ के जीवनदानी प्रचारक हो गए। वर्ष 1942 से पूरी तरह राष्ट्रीय स्वयंसेवक संघ के लिए काम करना शुरू किया। 'राष्ट्रधर्म', 'पाञ्चजन्य' और 'स्वदेश' जैसी पत्र-पत्रिकाएँ प्रारंभ कीं।

संघ के माध्यम से ही उपाध्यायजी राजनीति में आए। 21 अक्तूबर, 1951 को डॉ. श्यामाप्रसाद मुखर्जी की अध्यक्षता में भारतीय जनसंघ की स्थापना हुई। 1952 में इसका प्रथम अधिवेशन कानपुर में हुआ। दीनदयालजी इस दल के महामंत्री बने, इस अधिवेशन में पारित 15 प्रस्तावों में से 7 उन्होंने ही प्रस्तुत किए थे। डॉ. मुखर्जी ने उनकी कार्यकुशलता और क्षमता से प्रभावित होकर कहा, "यदि मुझे दो दीनदयाल मिल जाएँ, तो मैं भारतीय राजनीति का नक्शा बदल दूँ।" 1967 में कालीकट अधिवेशन में वे भारतीय जनसंघ के अध्यक्ष निर्वाचित हुए।

नानाजी देशमुख

नानाजी देशमुख : नानाजी का जन्म 11 अक्तूबर, 1916 को महाराष्ट्र के हिंगोली जिले के कदौली नामक छोटे से कस्बे में हुआ था। पिलानी के बिरला इंस्टीट्यूट से उन्होंने उच्च शिक्षा प्राप्त की। बाद में 1930 के दशक में वे आरएसएस में शामिल हो गए। सरसंघचालक श्रीगुरुजी ने उन्हें प्रचारक के रूप में गोरखपुर भेजा, बाद में उन्हें बड़ा दायित्व सौंपा गया और वे उत्तर प्रदेश के प्रांत प्रचारक बने। वे राज्यसभा सदस्य

भी बने। वर्ष 1980 में साठ साल की उम्र में उन्होंने सक्रिय राजनीति से संन्यास लेकर एक आदर्श की स्थापना की। बाद में उन्होंने अपना पूरा जीवन सामाजिक और रचनात्मक कार्यों में लगा दिया। वर्ष 1989 में वे पहली बार चित्रकूट आए और अंतिम रूप से यहीं बस गए। उन्होंने भगवान् श्रीराम की कर्मभूमि चित्रकूट की दुर्दशा देखी, वे मंदाकिनी के तट पर बैठ गए और अपने जीवनकाल में चित्रकूट को बदलने का फैसला किया। उन्होंने यहाँ के गरीबों की जो तसवीर बदली, उसे देखने के लिए पूरी दुनिया से लोग यहाँ आते रहे। भारत के तत्कालीन राष्ट्रपति ए.पी.जे. कलाम भी नानाजी देशमुख के काम और तपस्या को देखने चित्रकुट पहुँचे थे। उन्होंने चित्रकूट में चित्रकूट ग्रामोदय विश्वविद्यालय की स्थापना की। यह भारत का पहला ग्रामीण विश्वविद्यालय है, उन्होंने कभी अपने काम का प्रचार नहीं किया। उन्होंने दीनदयाल शोध संस्थान की भी स्थापना की और उसके जरिए बौद्धिक एवं समाज सेवा के काम किए। उन्हें मरणोपरांत देश के सर्वोच्च सम्मान 'भारत रत्न' प्रदान किया गया।

दत्तोपंत ठेंगड़ी

दत्तोपंत ठेंगड़ी : दत्तोपंतजी ठेंगड़ी का जन्म 10 नवंबर, 1920 को महाराष्ट्र के वर्धा जिले के आर्वी नामक गाँव में हुआ। एम.ए और एलएल.बी. करने के बाद वर्ष 1942 से उन्होंने प्रचारक के तौर पर संघ की प्रभावकारी यात्रा शुरू की थी। केरल के कालीकट और उसके बाद कोलकाता में रहकर बंगाल तथा असम में संघ के विस्तार का काम किया। 9 जुलाई, 1949 को अखिल भारतीय विद्यार्थी परिषद् की स्थापना में दत्तोपंत ठेंगडी का काफी योगदान रहा है। वर्ष 1949 में सरसंघचालक गुरुजी के आदेश पर उन्होंने मजदूर संगठन के क्षेत्र में काम शुरू किया।

लोकमान्य तिलक की 99वीं जयंती के अवसर पर 23 जुलाई, 1955 को दत्तोपंत ठेंगडी के नेतृत्व में 'भारतीय मजदूर संघ' बना। उसके बाद अपनी अपूर्व संगठनात्मक कौशल के बल पर उन्होंने देखते-ही-देखते भारतीय मजदूर संघ को दुनिया के सबसे विशाल व मजबूत श्रमिक संगठन के रूप मे तब्दील कर दिया। उन्होंने स्वदेशी जागरण मंच और भारतीय किसान संघ की भी स्थापना की। दत्तोपंत चमत्कारी मजदूर नेता और मौलिक आर्थिक चिंतक के रूप में पूरी दुनिया में जाने जाते हैं, उनके कालजयी मार्गदर्शन में स्वदेशी आंदोलन कम समय में ही राष्ट्रव्यापी आंदोलन बन गया और आज के समय में तो स्वदेशी विचारधारा जन-जन की आवाज बन गई है।

भाऊराव देवरस

भाऊराव देवरस : संघ के कुछ नामचीन प्रचारकों में भाऊराव देवरस का नाम आता है। वे सरसंघचालक बालासाहब देवरस के छोटे भाई थे। 19 नवंबर, 1917 को नागपुर में जन्म लेने वाले भाऊराव को स्नातक करने के बाद सरसंघाचलक डॉ. हेडगेवार ने उत्तर प्रदेश भेजा। भाऊराव ने लखनऊ वि.वि. में बी. कॉम. तथा एलएल.बी. में प्रवेश ले लिया। उन दिनों वहाँ दो वर्ष में डबल पोस्ट डिग्री पाठ्यक्रम की सुविधा थी। भाऊराव ने दोनों विषयों में स्वर्ण पदक प्राप्त किए। लखनऊ में वे संघ के साथ स्वाधीनता आंदोलन में भी सक्रिय रहे, उनके प्रयास से वहाँ सुभाषचंद्र बोस का एक भव्य कार्यक्रम हुआ था। उत्तर प्रदेश के हर जिले में संघ को फैलाने के लिए भाऊराव को याद किया जाता है, उन्होंने शिक्षा के क्षेत्र में बहुत बड़ा योगदान दिया। आज देश भर में 'सरस्वती शिशु मंदिर' जैसे स्कूल करोड़ों बच्चों के भारतीय संस्कृति और संस्कार के अनुरूप गुणवत्तापूर्ण शिक्षा दे रहे हैं, इस स्कूल की परिकल्पना भाऊराव देवरस ने ही की थी। बिहार-झारखंड

जैसे राज्यों में वनवासियों के बीच काम करने के लिए 'वनवासी कल्याण केंद्र' और 'एकल विद्यालय' भी उनकी बड़ी देन है।

अशोक सिंघल : करीब दो दशकों तक विश्व हिंदू परिषद् के अंतरराष्ट्रीय अध्यक्ष रहे अशोक सिंघल भी संघ में प्रचारक थे। आज वि.हि.प. की जो वैश्विक ख्याति है, उसमें अशोक सिंघलजी का योगदान सर्वाधिक है। आगरा के रहने वाले अशोक सिंघल वर्ष 1942 में राष्ट्रीय स्वयंसेवक संघ से जुड़े। उन्होंने वर्ष 1950 में बनारस हिंदू विश्वविद्यालय से आई.आई.टी. की थी, इसके पश्चात् इंजीनियर की नौकरी करने के बजाय उन्होंने समाज सेवा का मार्ग चुना और आगे चलकर आरएसएस के पूर्णकालिक प्रचारक बन गए। उन्होंने उत्तर प्रदेश और आस-पास के स्थानों पर आरएसएस के लिए लंबे समय तक काम किया और फिर दिल्ली-हरियाणा में प्रांत प्रचारक बने। आपातकाल के खिलाफ वे काफी सक्रिय रहे। उसके बाद दिल्ली के प्रांत प्रचारक बनाए गए। वर्ष 1981 में डॉ. कर्ण सिंह के नेतृत्व में दिल्ली में एक विराट् हिंदू सम्मेलन हुआ था, जिसके पीछे शक्ति अशोक सिंघल और संघ की ही थी। उसके बाद अशोक सिंघल को विश्व हिंदू परिषद् के काम का जिम्मा दिया गया, बाद में परिषद् के काम में धर्म जागरण, सेवा, संस्कृति, गोरक्षा आदि अनेक नए आयाम जुड़े। उन्हें 'श्रीराम जन्मभूमि मंदिर आंदोलन' के हीरो के रूप में जाना जाता है, उन्होंने इस आंदोलन के जरिए विश्व हिंदू परिषद् के काम को गाँव-गाँव तक पहुँचाया। वर्ष 1984 में दिल्ली के विज्ञान भवन में एक 'धर्म संसद्' का आयोजन किया गया था। सिंघल इसके मुख्य संचालक थे। यहीं पर राम जन्मभूमि आंदोलन की

अशोक सिंघल

रणनीति तय की गई। यहीं से सिंघलजी ने पूरी योजना के साथ कारसेवकों को अपने साथ जोड़ना शुरू किया। उन्होंने देश भर से 50 हजार कारसेवक जुटाए। सभी कारसेवकों ने देश की प्रमुख नदियों के किनारे रामजन्मभूमि पर राम मंदिर स्थापना करने की कसम खाई। वर्ष 1992 में अयोध्या में विवादित ढाँचा तोड़ने वाले कारसेवकों का नेतृत्व अशोक सिंघल ने ही किया था।

के.एन. गोविंदाचार्य

के.एन. गोविंदाचार्य : प्रख्यात चिंतक और विचारक के.एन. गोविंदाचार्य भी आरएसएस के प्रचारक रहे हैं। उनका जन्म आंध्र प्रदेश के तिरुपति नगर में हुआ था। बहुत कम आयु में ही ये वाराणसी चले आए। उनके पिता बीएचयू में प्रोफेसर थे। उनकी अधिकांश शिक्षा वाराणसी में ही हुई। उन्होंने बनारस हिंदू विश्वविद्यालय से वर्ष 1962 में विज्ञान में मास्टर डिग्री हासिल की। अपने विद्यार्थी जीवन में वे राष्ट्रीय स्वयंसेवक संघ से जुड़े रहे तथा एम.एससी. करने के उपरांत संघ के प्रचारक बन गए। आपातकाल के दौरान वे बिहार के भागलपुर जिले में विभाग प्रचारक के रूप में तैनात थे। वर्ष 1974 के जयप्रकाश आंदोलन में छात्रों के बीच गोविंदाचार्य ने ओजस्वी प्रचारक और स्वयंसेवक के रूप में काम किया था। बाद में भाजपा में आए और राष्ट्रीय महासचिव बनाए गए। गोविंदजी को राजनीति में 'सोशल इंजीनिरिंग का जनक' माना जाता है, जिसकी शुरुआत उन्होंने बिहार से की थी, बाद में राजनीति से उन्होंने संन्यास ले लिया और लंबे समय तक अध्ययन अवकाश पर रहे। इस दौरान देश भर का भ्रमण किया। आज भी पूरे देश में घूमकर पर्यावरण, ग्रामीण अर्थव्यवस्था, सामाजिक-

राजनीतिक चेतना, स्वदेशी जागरण के लिए काम कर रहे हैं। वर्ष 2004 में जब कांग्रेस सोनिया गांधी को प्रधानमंत्री बनाना चाहती थीं तो गोविंदाचार्य ने राष्ट्रीय स्वाभिमान आंदोलन शुरू कर उन्हें रोका था। संघ के प्रख्यात और प्रतिभाशाली प्रचारक रहे गोविंदाचार्य की बौद्धिक प्रतिभा का आज भी लोग लोहा मानते हैं। देश के हर हिस्से में गोविंदाचार्य के कार्यकर्ता व समर्थक मौजूद हैं।

अटल बिहारी वाजपेयी

अटल बिहारी वाजपेयी : अटल बिहारी वाजपेयी पूरी तरह संघ की ही देन थे। संघ में विभिन्न दायित्वों का निर्वहन करते हुए बाद में जनसंघ, फिर भाजपा में गए। उन्हें मात्र 15 साल की उम्र में वर्ष 1939 में ग्वालियर में भूदेव शास्त्रीजी ने संघ में शामिल किया था। किंगशुक नाग ने अपनी किताब 'अटल बिहारी वाजपेयी—ए मैन फॉर ऑल सीजंस' में इसका जिक्र किया है। राजनीतिशास्त्र से एम.ए. करने के बाद आरएसएस के प्रचारक के रूप में आजीवन देशसेवा का संकल्प लिया। डॉ. श्यामा प्रसाद मुखर्जी और पंडित दीनदयाल उपाध्याय ने राष्ट्र निर्माण के काम को आगे बढ़ाया। वे भारतीय जनसंघ के संस्थापकों में एक थे और वर्ष 1968 से वर्ष 1973 तक उसके अध्यक्ष भी रहे। पाञ्चजन्य, राष्ट्रधर्म, दैनिक स्वदेश और वीर अर्जुन जैसे पत्र-पत्रिकाओं के संपादन के साथ संघ के विचारों को देश भर में प्रसारित करते हुए प्रधानमंत्री पद पर पहुँचे, वे तीन बार देश के प्रधानमंत्री रहे। वर्ष 1905 में साप्ताहिक 'ऑर्गेनाइजर' में प्रकाशित अपने लेख में उन्होंने कहा था कि "आरएसएस में मेरी आत्मा बसती है।" उन्हें देश के सर्वोच्च सम्मान 'भारत रत्न' से सम्मानित किया गया था।

नरेंद्र मोदी : 17 सितंबर, 1950 में वडनगर, गुजरात में एक बेहद साधारण परिवार में जनमे नरेंद्र मोदी को बचपन से ही आरएसएस से खास लगाव रहा है, उन्होंने वर्ष 1967 में मात्र 17 साल की उम्र में अहमदाबाद में राष्ट्रीय स्वयंसेवक संघ की सदस्यता ली थी। वर्ष 1974 में वे नव-निर्माण आंदोलन में शामिल हुए, इस तरह सक्रिय राजनीति में आने से पहले मोदी कई वर्षों तक राष्ट्रीय स्वयंसेवक संघ के प्रचारक रहे। 1980 के दशक में मोदी पहली बार गुजरात की भाजपा इकाई में शामिल हुए। इसके बाद वर्ष 1995 में पार्टी के प्रदेश महासचिव, फिर वर्ष 1998 में राष्ट्रीय सचिव बने। वर्ष 2001 में गुजरात के मुख्यमंत्री बने और वर्ष 2014 तक इस पद पर रहने के बाद देश के प्रधानमंत्री बने।

नरेंद्र मोदी

□

प्रतिज्ञा, मंत्र और गुरु दक्षिणा कार्यक्रम

"सर्वशक्तिमान श्री परमेश्वर तथा अपने पूर्वजों का स्मरण कर मैं प्रतिज्ञा करता हूँ कि अपने पवित्र हिंदू धर्म, हिंदू संस्कृति तथा हिंदू समाज का संरक्षण कर हिंदू राष्ट्र की सर्वांगीण उन्नति करने के लिए राष्ट्रीय स्वयंसेवक संघ का घटक बना हूँ। संघ का कार्य मैं प्रामाणिकता से, निस्स्वार्थ बुद्धि से तथा तन, मन, धन से करूँगा और इस व्रत का मैं आजन्म पालन करूँगा। भारतमाता की जय।"

आरएसएस में यह प्रतिज्ञा क्यों दिलाई जाती है, के संबंध में संघ के विचारक समझाते हैं कि श्रीराम को भगवान् बनाने में उनकी प्रतिज्ञा का

सर्वाधिक योगदान था। उन्होंने धरा को राक्षसविहीन बनाने की प्रतिज्ञा ली थी—"निशिचर हीन करउँ महि भुज उठाई पन कीन्ह। सकल मुनिन्ह के आश्रमहि जाइ जाइ सुख दीन्ह।" इसका मतलब हुआ कि भगवान् राम ने हाथ उठाकर प्रण किया कि "मैं समस्त पृथ्वी को राक्षसों से रहित कर दूँगा", फिर समस्त ऋषि-मुनियों के आश्रमों में जा-जाकर उनको दर्शन का सुख दिया। अच्छे कार्य करते समय प्रतिज्ञा संबल बनती है। भीष्म पितामह, महाराणा प्रताप, शिवाजी, भगत सिंह, चंद्रशेखर आजाद और सुभाषचंद्र बोस अपनी भीषण प्रतिज्ञा और उसे पूरा करने के लिए किए गए काम के कारण ही महान् बने। हम प्रतिज्ञा का प्रारंभ सर्वशक्तिमान परमेश्वर से करते हैं। प्रतिज्ञा में हम अपने पूर्वजों का स्मरण भी करते हैं। प्रतिज्ञा व्यक्तिगत संकल्प है। यह केवल कंठस्थ ही नहीं, हृदयस्थ भी हो—ऐसा संघ के कार्यक्रमों में समझाया जाता है। प्रतिज्ञा में हिंदू धर्म, हिंदू संस्कृति तथा हिंदू समाज के संरक्षण का व्रत लेते हैं। हिंदू राष्ट्र के सर्वांगीण उन्नति की प्रतिज्ञा ली जाती है। इसके पीछे 'सर्वे भवन्तु सुखिनः' का भाव संचारित होता है। संघ का कार्य निस्स्वार्थ बुद्धि से करने की शपथ दिलाकर यह बताया जाता है कि स्वयंसेवक के मन में किसी प्रकार का लोभ नहीं आना चाहिए, इसके लिए हनुमानजी का उदाहरण दिया जाता है, जिन्होंने भगवान् राम के लिए सीता की खोज और रावण से युद्ध बिना किसी लोभ के किया था।

प्रतिज्ञा में हिंदू धर्म, हिंदू संस्कृति तथा हिंदू समाज के संरक्षण का व्रत लेते हैं। हिंदू राष्ट्र के सर्वांगीण उन्नति की प्रतिज्ञा ली जाती है। इसके पीछे 'सर्वे भवन्तु सुखिनः' का भाव संचारित होता है। संघ का कार्य निस्स्वार्थ बुद्धि से करने की शपथ दिलाकर यह बताया जाता है कि स्वयंसेवक के मन में किसी प्रकार का लोभ नहीं आना चाहिए, इसके लिए हनुमानजी का उदाहरण दिया जाता है…

राष्ट्रीय स्वयंसेवक संघ में बैठक के पूर्व बोले जाने वाले मंत्र

ॐ सङ्गच्छध्वं संवदध्वं,
सं वो मनांसि जानताम्।
देवा भाग यथा पूर्वे
सञ्जनानां उपासते ॥1॥
समानो मन्त्रः समितिः समानी,
समानं मनः सहचित्तमेषाम्।
समान मन्त्र अभिमंत्रये वः,
समानेन वा हविषा जुहोमि ॥2॥
समानी व आकूतिः
समाना हृदयानी वः।
समानमस्तु वो मनो,
यथा व सुसहासति ॥3॥
॥ ॐ शान्तिः शान्तिः शान्तिः॥

यह ऋग्वेद का मंत्र है

अर्थ

पग-से-पग (कदम-से-कदम) मिलाकर चलो, स्वर-से-स्वर मिलाकर बोलो, तुम्हारे मन में समान बोध (ज्ञान) हो। पूर्व काल में जैसे देवों ने अपना भाग प्राप्त किया, सम्मिलित बुद्धि से कार्य करने वाले उसी प्रकार अपना-अपना अभीष्ट प्राप्त करते हैं।

इन (मिलकर कार्य करने वालों) का मंत्र समान होता है, अर्थात् ये परस्पर मंत्रणा करके एक निर्णय पर पहुँचते हैं। चित्त सहित इनका मन समान होता है। मैं तुम्हें मिलकर समान निष्कर्ष पर पहुँचने की प्रेरणा या (परामर्श) देता हूँ। तुम्हें समान भोज्य प्रदान करता हूँ।

हम सभी के संकल्प एक समान हों, हम सभी के हृदय की इच्छाएँ एक समान हों, हम सभी के विचार एक समान हों, जिससे कि हम सब में पूर्ण समरसता आए।

॥ ॐ शांति शांति शांति॥

गुरु दक्षिणा कार्यक्रम

आरएसएस में गुरु दक्षिणा कार्यक्रम का काफी महत्त्वपूर्ण स्थान है, इसमें भगवा ध्वज को गुरु मानकर दक्षिणा अर्पित की जाती है, जिसे गुरु पूजन और गुरु दक्षिणा कार्यक्रम कहते हैं। हिंदू कलेंडर के हिसाब से व्यास पूर्णिमा से रक्षाबंधन तक, यानी अगस्त-सितंबर एक महीने तक गुरु दक्षिणा का कार्यक्रम चलता है, इस दौरान स्वयंसेवक संघ में गुरु माने जाने वाले भगवा ध्वज के सामने जो समर्पण राशि अर्पित करते हैं, इसे गुप्त रखा जाता है। दक्षिणा की राशि और देने वाले का नाम सार्वजनिक नहीं किया जाता, लेकिन आरएसएस में गुरु दक्षिणा के हर एक पैसे का पूरा हिसाब रखा जाता है। संघ की स्थापना तो वर्ष 1925 में हुई, लेकिन साल 1928 में गुरु दक्षिणा का कार्यक्रम शुरू हुआ और तब से अनवरत चल रहा है। पहली बार हुई गुरु दक्षिणा में तो कुल 84 रुपए और 50 पैसे जमा हुए थे, लेकिन अब यह राशि करोड़ों में होती है। दरअसल, डॉ. हेडगेवार ने संघ को आत्म-निर्भर बनाने के लिए गुरु दक्षिणा की परंपरा शुरू की थी। आज राष्ट्रपति से लेकर केंद्र सरकार के मंत्री, भाजपा शासित राज्यों के मुख्यमंत्री और मंत्री के साथ-साथ उच्च पदस्थ लोग गुरु दक्षिणा कार्यक्रम में भाग लेते हैं।

भगवा ध्वज को ही गुरु मान दक्षिणा समर्पित : डॉ. हेडगेवार पर

बायोग्राफी लिखने वाले एन.एच. पल्हीकर कहते हैं कि संघ में शुरुआत में सब लोग डॉ. हेडगेवार को गुरु के तौर पर स्वीकार करना चाहते थे, लेकिन डॉ. साहब इसके लिए तैयार नहीं हुए। उनके अनुसार कोई भी व्यक्ति पूर्ण नहीं होता, उसमें दोष होते हैं, चाहे वह गुरु द्रोणाचार्य ही क्यों न हो और तब हिंदू धर्म में प्रतिष्ठित भगवा ध्वज को गुरु के रूप में स्वीकार किया गया। संघ की शाखाएँ तथा सभी कार्यक्रम भगवा ध्वज को प्रणाम से ही शुरू होते हैं और गुरु दक्षिणा भी भगवा ध्वज को ही समर्पित की जाती है। संघ के विचारक दिलीप देवधर बताते हैं कि गुरु दक्षिणा का समर्पण इस नजरिए से गोपनीय होता है कि उसकी जानकारी किसी दूसरे को नहीं होनी चाहिए, लेकिन संघ में यह समर्पण राशि एक बंद लिफाफे में देने वाले के नाम के साथ जमा होती है और उसका पूरा हिसाब व्यवस्था विभाग से जुड़ी कमेटी रखती है।

ध्वज का इतना महत्त्व क्यों : आरएसएस के ध्वज का रंग भगवा है। भगवा रंग शांति व शक्ति का प्रतीक है। यह अग्नि का भी रंग है, जो बुराइयों को जलाकर भस्म करने की क्षमता रखती है। शिवाजी महाराज ने भी अपने हिंदू साम्राज्य सेना का गठन किया था तो भगवा पताका उनकी सेना के शौर्य, स्वाभिमान की प्रतीक थी। छत्रपति शिवाजी के अनुसार ध्वज का भगवा रंग उगते हुए सूर्य का रंग है। अग्नि की ज्वालाओं का रंग है। उगते सूर्य का रंग ज्ञान और वीरता का प्रतीक माना गया और इसलिए हमारे पूर्वजों ने इसे सबका प्रेरणा स्वरूप माना। देवी-देवता भी इस ध्वज के पवित्र सान्निध्य में असुरों का नाश करते आए हैं। संघ के विचारक बताते हैं कि भगवा ध्वज हिंदू संस्कृति और धर्म का शाश्वत प्रतीक है। यह हिंदू धर्म के प्रत्येक आश्रम व मंदिर पर फहराया जाता है। यही ध्वज श्रीराम, श्रीकृष्ण और अर्जुन के रथों पर फहरता था। इसका रंग अधर्म के अंधकार को दूर करके धर्म का प्रकाश फैलाने का संदेश देता है।

□

संघ के उत्सव

संघ कई सार्वजनिक कार्यक्रमों का आयोजन करता है, जिसके जरिए समाज के विभिन्न वर्ग के लोगों को संगठन से जोड़ा जाता है। ऐसे आयोजनों का लक्ष्य हिंदू संस्कृति और संस्कार को समाज के कोने-कोने तक फैलाना होता है।

विजयादशमी के दिन शस्त्रपूजा और पथ संचलन

विजयादशमी के दिन ही वर्ष 1925 में संघ की स्थापना हुई थी। इस दिन संघ की शाखाओं पर शक्ति के महत्त्व को याद रखने के लिए प्रतीकात्मक रूप से शस्त्र पूजन होता है, उसके बाद पथ संचलन निकालने का कार्यक्रम

होता है। इस मौके पर स्वयंसेवक गणवेश में दंड (लाठी) के साथ कतारबद्ध होकर पथ संचलन निकालते हैं, जो शहर के विभिन्न मार्गों से होकर गुजरता है, इसके बाद जुलूस किसी मैदान या निर्धारित स्थान पर पहुँचता है, जहाँ विजयादशमी से प्रेरणा लेकर राष्ट्र के लिए कार्य करने के संबंध में संघ के किसी अधिकारी अथवा समाज के किसी गण्यमान्य व्यक्ति का बौद्धिक (उद्बोधन) होता है। हर साल विजयादशमी पर संघ मुख्यालय नागपुर में सरसंघचालक का वार्षिक उद्बोधन होता है, जिससे संघ की दशा और दिशा के बारे में संकेत मिलते हैं।

मकर संक्रांति

यह हिंदुओं के लिए सबसे पवित्र दिनों में से एक है। सूरज इस दिन से अपनी दिशा बदलता है और दिन बड़े होने लगते हैं तथा रातें छोटी। भारतीय सांस्कृतिक परंपरा में मकर संक्रांति को 'अँधेरे से प्रकाश की ओर यात्रा' का पर्व माना गया है। इस दिन संघ की दैनिक शाखा के उपरांत स्वयंसेवकों में गुड़ व तिल का वितरण होता है। इससे पूर्व वरिष्ठ कार्यकर्ता भारतीय सांस्कृतिक परंपराओं के संदर्भ में इस पर्व के महत्त्व के बारे में स्वयंसेवकों को जानकारी देते हैं।

वर्ष प्रतिपदा उत्सव

इसे चैत्र नवरात्र को मनाया जाता है। संघ इसी दिन से भारतीय नववर्ष या हिंदू नववर्ष की शुरुआत मानता है। इसी दिन से विक्रम संवत् की शुरुआत हुई थी। इस दिन को समारोहपूर्वक मनाया जाता है, इसके लिए संघ के स्वयंसेवक अपने पूर्ण गणवेश में संघ स्थान या किसी सार्वजनिक स्थान पर एकत्र होते हैं तथा अपने संस्थापक डॉ. हेडगेवार की स्मृति को सर झुकाकर नमन करते हैं। इस मौके पर भारतमाता का चित्र भी लगाया जाता है। यह कार्यक्रम वर्ष में केवल एक बार सभी शाखाओं पर वर्ष प्रतिपदा के दिन होता है।

हिंदू साम्राज्य दिवस

यह उत्सव हर साल जेठ महीने के शुक्ल त्रयोदशी यानी जून महीने में मनाया जाता है। छत्रपति शिवाजी ने वर्ष 1674 में इसी दिन हिंदू साम्राज्य की विधिवत् स्थापना की थी, उन्होंने इस दिन सिंहासनारूढ़ होते हुए घोषणा की थी कि—"यह राज्य शिवाजी का नहीं हिंदू धर्म का है।" संघ की शाखाओं में इस दिन छत्रपति शिवाजी और उनके वीरगाथा को याद किया जाता है। उनके शौर्य, पराक्रम व सुशासन से जुड़ी घटनाओं की चर्चा की जाती है, उनके साथ तानाजी जैसे उनके असंख्य वीर व बलिदानी सहयोगियों तथा उनकी माता जीजाबाई के जीवन से जुड़े प्रेरक-प्रसंगों की चर्चा की जाती है।

रक्षाबंधन

इस दिन स्वयंसेवक एक-दूसरे की कलाई पर राखी बाँधकर एक-दूसरे की रक्षा करने का संकल्प लेते हैं। संघ के कामकाज में यह भाव समय-समय पर प्रतिबिंबित होता है तो उसके पीछे रक्षाबंधन जैसे उत्सवों को मनाने की संगठनात्मक परंपरा का भी अहम योगदान है, इसके बाद स्वयंसेवक अपने आसपास की गरीब बस्तियों या निर्धन व सामाजिक रूप से पिछड़े परिवारों में जाकर वहाँ बहनों से राखी बँधवाते हैं और उनके साथ भोजन करते हैं। इन परिवारों के साथ स्वयंसेवक साल भर लगातार संपर्क में रहते हैं। यह उत्सव समाज में हाशिए पर खड़े वर्गों को मुख्यधारा में लाने का कारगर प्रयास है। संघ के विस्तार के पीछे ऐसे प्रयासों की बड़ी भूमिका रही है।

गुरु पूर्णिमा

हिंदू परंपरा में गुरु का स्थान ईश्वर से भी ऊँचा माना जाता है। यह महोत्सव एक अवसर प्रदान करता है कि जीवन में सही दिशा दिखाने के लिए अपने गुरुजनों के प्रति सम्मान प्रदर्शित किया जाए। संघ में भगवा ध्वज ही गुरु है, इसलिए स्वयंसेवक इस दिन भगवा ध्वज की पूजा करते हैं। यह पर्व आषाढ़ महीने की पूर्णिमा के दिन आयोजित किया जाता है। इस दिन को 'आषाढ़ी पूर्णिमा' भी कहा जाता है। स्वयंसेवक इन दिन शुभ वेश—सफेद

धोती–कुरता या कुरता–पायजामा तथा संघ के गणवेश का हिस्सा काली टोपी पहनकर फूलों से भगवा ध्वज की पूजा करते हैं। इसके उपरांत समाज के किसी गण्यमान्य व्यक्ति द्वारा किसी राष्ट्रीय महत्त्व के विषय पर विचार रखे जाते हैं, यानी बौद्धिक होता है। इस पर्व के माध्यम से स्वयंसेवकों को याद दिलाया जाता है कि संघ में व्यक्ति का नहीं, विचार का महत्त्व है, इसलिए किसी व्यक्ति को गुरु न मानकर संघ ने भगवा ध्वज को गुरु माना है।

□

सबसे शीर्ष पर सरसंघचालक

जैसा कि हम पहले बता चुके है कि आरएसएस में सबसे शीर्ष पद सरसंघचालक का होता है। भारत के हिंदू समाज में सरसंघचालक को बहुत सम्मान प्राप्त है। वह हिंदुओं की रक्षा और हिंदुत्व की विचारधारा के प्रचार-प्रसार के लिए काम करने वाला सबसे बड़ा प्रणेता होता है। देश में अबतक हुए हिंदू संस्कृति के सबसे बड़े पुरोधा आदिशंकराचार्य ने हिंदुत्व की रक्षा के लिए देश में चार दिशाओं में चार मठों यानी पीठों की स्थापना की। दक्षिण भारत के रामेश्वरम् में श्रृंगेरी मठ, उड़ीसा के जगन्नाथपुरी में गोबर्धन मठ, गुजरात के द्वारकाधाम में शारदा मठ और उत्तराखंड के

बदरिकाधाम में ज्योतिर्मठ। आज इन पीठों पर आसीन आदिशंकराचार्य के प्रतिनिधि हिंदू धर्म का अलख जगा रहे हैं। स्वामी स्वरूपानंद शारदा मठ और ज्योतिर्मठ, दोनों पीठों के शंकराचार्य थे, लेकिन मेरा मानना है कि हिंदू धर्म, संस्कृति, विचारधारा को बचाने और भारत को पराक्रमी व गौरवशाली हिंदू राष्ट्र बनाने की दिशा में शंकराचार्यों से आगे बढ़कर आरएसएस और इसके सरसंघचालकों ने काम किया है। डॉ. हेडगवार ने जब पाँच बालकों को लेकर नागपुर में सबसे पहली शाखा शुरू की थी तो लोग हँसते थे, मगर आज करोड़ों हिंदुओं के घरों में उन्हीं हेडगवार की तसवीर टँगी है। आज हिंदू समाज उनकी व उनके उत्तराधिकारी सरसंघचालकों की वंदना करता है। हेडगवार द्वारा स्थापित संघ उनके बाद के पाँच सरसंघचालकों के नेतृत्व में दुनिया का सबसे विशाल, व्यवस्थित और अनुशासित हिंदू संगठन बन गया है।

आरएसएस के सभी सरसंघचालकों को हिंदू समाज में लोग 'हिंदू हीरो' के रूप में देखते हैं। उन्हें 'हिंदू हृदय सम्राट्' भी कहा जाता है। लोग आदर से उनका नाम लेते हैं।

स्वयंसेवक उनके नाम के पहले 'पूजनीय' शब्द जरूर जोड़ते हैं। सरसंघचालकों के व्यक्तित्व और कृतित्व की गाथा बहुत लंबी है, मगर यहाँ संक्षेप में उनके बारे में चर्चा करेंगे।

अब तक हुए सरसंघचालक—

1. डॉ. केशवराव बलिराम हेडगेवार (डॉ. साहब)
2. माधव सदाशिवराव गोलवलकर (श्रीगुरुजी)
3. मधुकर दत्तात्रेय देवरस (बालासाहेब देवरस)
4. प्रोफेसर राजेंद्र सिंह (रज्जू भैया)
5. कुप्पाहल्ली सीतारमय्या सुदर्शन (सुदर्शनजी)
6. डॉ. मोहनराव मधुकरराव भागवत (मोहनजी भागवत)

डॉ. केशवराव बलिराम हेडगेवार (1925-1940)

आरएसएस के पहले सरसंघचालक डॉ. केशव बलिराम हेडगेवार का जन्म 01 अप्रैल, 1889 ई. को हिंदू वर्ष प्रतिपदा के दिन हुआ था। महाराष्ट्र के नागपुर जिले में पंडित बलिराम पंत हेडगेवार के घर जन्म लेने वाले केशव आरएसएस के संस्थापक थे। उनके पिता बलिराम वेद-शास्त्र एवं भारतीय दर्शन के विद्वान् थे एवं वैदिक कर्मकांड (पुरोहिती) से परिवार का भरण-पोषण करते थे। बलिराम हेडगेवार बचपन से ही क्रांतिकारी प्रवृत्ति के थे और उन्हें अंग्रेज शासकों से घृणा थी। अभी स्कूल में ही पढ़ते थे कि अंग्रेज इंस्पेक्टर के स्कूल में निरीक्षण के लिए आने पर केशव राव ने अपने कुछ सहपाठियों के साथ उनका 'वंदे मातरम्' जयघोष से स्वागत किया, जिस पर वह बिफर गया और उसके आदेश पर केशवराव को स्कूल से निकाल दिया गया। तब उन्होंने मैट्रिक तक अपनी पढ़ाई पूना के नेशनल स्कूल में पूरी की। उनके जीवन पर उनके अग्रज महादेव का काफी प्रभाव पड़ा था, जो पहलवान थे और बच्चों को नागपुर की व्यायामशालाओं में कुश्ती सिखाने जाते थे।

डॉ. केशवराव बलिराम हेडगेवार

वर्ष 1910 में जब एम.बी.बी.एस. की पढ़ाई के लिए वे कलकत्ता गए तो वहाँ श्याम सुंदर चक्रवर्ती के यहाँ रहते हुए बंगाल की गुप्त क्रांतिकारी संस्था 'अनुशीलन समिति' के सक्रिय सदस्य बन गए। एम.बी.बी.एस. की परीक्षा प्रथम श्रेणी में पास कर वर्ष 1915 में नागपुर लौटे तो उग्र क्रांतिकारी बन अंग्रेजों की खिलाफत करने वाली कांग्रेस में सक्रिय हो गए। वर्ष 1921 में कांग्रेस के असहयोग आंदोलन में सत्याग्रह कर गिरफ्तारी दी और उन्हें एक वर्ष की जेल हुई। तब तक वह इतने लोकप्रिय हो चुके थे कि उनकी रिहाई

पर उनके स्वागत के लिए आयोजित सभा को पंडित मोतीलाल नेहरू और हकीम अजमल खाँ जैसे दिग्गजों ने संबोधित किया। मगर जल्द ही कांग्रेस से मोह भंग हुआ और नागपुर में विजयादशमी के दिन आरएसएस की स्थापना कर डाली। मगर क्रांतिकारियों के प्रति उनका रुख सकारात्मक रहा, यही कारण था कि दिसंबर 1930 में जब महात्मा गांधी द्वारा नमक कानून विरोधी आंदोलन छेड़ा गया तो उन्होंने संघ प्रमुख (सरसंघचालक) की जिम्मेदारी डॉ. परापंजे को सौंप कर व्यक्तिगत रूप से अपने एक दर्जन सहयोगियों के साथ आंदोलन में भाग लिया, जिसमें उन्हें 9 माह की कैद हुई। इसी तरह वर्ष 1929 में जब लाहौर में हुए कांग्रेस अधिवेशन में 'पूर्ण स्वराज' का प्रस्ताव पास किया गया और 26 जनवरी, 1930 को देश भर में तिरंगा फहराने का आह्वान किया तो डॉ. हेडगेवार के निर्देश पर सभी संघ शाखाओं में 30 जनवरी को तिरंगा फहराकर 'पूर्ण स्वराज' प्राप्ति का संकल्प लिया गया।

इसी तरह क्रांतिकारियों से भी उनके संबंध बने रहे। जब वर्ष 1928 में लाहौर में अंग्रेज अफसर सांडर्स की हत्या के बाद भगत सिंह, राजगुरु और सुखदेव फरार हुए तो राजगुरु फरारी के दौरान नागपुर में डॉ. हेडगेवार के पास पहुँचे थे। डॉ. साहब ने एक प्रमुख संघ अधिकारी भैयाजी ढाणी के निवास पर उनके ठहरने की व्यवस्था की थी।

क्रांतिकारियों को संघ का समर्थन देकर अंग्रेजों को धूल चटाने का डॉ. हेडगेवार का सिलसिला जोर पकड़ने लगा। पिता-तुल्य गुरु डॉ. बालकृष्ण शिवराम मुंजे के मार्गदर्शन में नागपुर में सुबह व शाम एक-एक घंटे की शाखाएँ, व्यायाम, शारीरिक श्रम, हिंदू राष्ट्रवाद की शिक्षा के साथ-साथ वरिष्ठ स्वयंसेवकों को सैनिक शिक्षा भी दी जाने लगी, बाद में यदा-कदा रात के समय स्वयसेवकों की गोष्ठियाँ भी होती थीं, जिनमें महाराणा प्रताप, वीर शिवाजी, गुरु गोविंद सिंह, बंदा बैरागी, विनायक दामोदर सावरकर, मंगल पांडे, तात्या टोपे आदि की जीवनियाँ भी पढ़ी जाती थीं। सावरकर द्वारा रचित पुस्तक 'हिंदुत्व' के अंश भी पढ़कर सुनाए जाते थे। वर्ष 1935-36 तक ऐसी शाखाएँ केवल महाराष्ट्र तक ही सीमित थीं और इसके स्वयसेवकों की संख्या कुछ हजार

तक ही थी, पर सरसंघचालक और स्वयसेवकों का उत्साह देखने लायक था। स्वयं डॉ. हेडगेवार इतने उत्साहित थे कि अपने एक उद्‌बोधन में उन्होंने कहा, "संघ के जन्मकाल के समय की परिस्थिति बड़ी विचित्र सी थी। हिंदुओं का 'हिंदुस्तान' कहना उस समय निरा पागलपन समझा जाता था और किसी संगठन को हिंदू संगठन कहना देशद्रोह तक घोषित कर दिया जाता था।" डॉ. हेडगेवार ने जिस दुःखद स्थिति को व्यक्त किया, उसमें नवसृजित राष्ट्रीय स्वयंसेवक संघ और हिंदू महासभा के नेतृत्व के प्रयास से हिंदू युवाओं में साहस के साथ यह नारा गूँजने लगा—"हिंदुस्तान हिंदुओं का—नहीं किसी के बाप का।" वीर सावरकार हिंदू महासमा से भी जुड़े थे, उन्हें सावरकार और हिंदू महासभा का भरपूर साथ मिला, जिसके बल पर संघ का तेजी से विस्तार हुआ।

हिंदू महासभा ने भी उस समय एक प्रस्ताव पास कर अपने कार्यकर्ताओं एवं सदस्यों को निर्देश दिया कि वे अपने बच्चों को संघ की शाखा में भेजें एवं संघ के विस्तार में सहयोग दें। आरएसएस की विस्तार योजना के अनुसार उसके नागपुर कार्यालय से बड़ी संख्या में युवक दो जोड़ी धोती एवं कुरता लेकर संघ शाखाओं की स्थापना हेतु दिल्ली, लाहौर, पेशावर, मद्रास, गुवाहाटी आदि शहरों में भेजे गए। दिल्ली में पहली शाखा हिंदू महासभा भवन, मंदिर मार्ग, नई दिल्ली के प्रांगण में हिंदू सभा के नेता प्राध्यापक राम सिंह की देखरेख में श्री बसंत राव ओक द्वारा संचालित की गई। लाहौर में शाखा हिंदू महासभा के प्रमुख नेता डॉ. गोकुल चंद नारंग की कोठी में लगाई जाती थी, जिसका संचालन श्री मुलेजी एवं धर्मवीरजी द्वारा किया जाता था। पेशावर में आरएसएस की शाखा सदर बाजार से सटी गली के अंदर हिंदू महासभा कार्यालय में लगाई जाती थी, जिसकी देखरेख तत्कालीन सचिव हिंदू महासभा श्री मेहर चंदजी खन्ना करते थे। सावरकर के बड़े भाई श्री बाबाराव सावरकर ने अपने युवा संघ को समग्र 8,000 सदस्यों के साथ आरएसएस में विलय कर दिया। सावरकर के मित्र एवं हजारों ईसाइयों को दोबारा हिंदू धर्म में लाने वाले संत पाच्लेगॉवकर ने उस समय अपने 5,000 सदस्यों वाले संगठन 'मुक्तेश्वर दल' को भी आरएसएस में विलय करा दिया। उद्‌देश्य था कि हिंदुओं का एक ही युवा शक्तिशाली संगठन हो।

इस तरह डॉ. हेडगेवार के कुशल निर्देशन, हिंदू महासभा के सहयोग एवं नागपुर से भेजे गए प्रचारकों के अथक परिश्रम से संघ का विस्तार होता गया और वर्ष 1946 आते-आते संघ के युवा स्वयंसेवकों की संख्या करीब सात लाख हो गई। उन प्रचारकों की निष्ठा सराहनीय थी। इनके पास महाराणा प्रताप, वीर शिवाजी, गुरु गोविंद सिंह, बंदा बैरागी की जीवनी की छोटी-छोटी पुस्तकें एवं सावरकर द्वारा रचित पुस्तक 'हिंदुत्व' रहती थी।

वर्ष 1938 में सावरकर दूसरी बार हिंदू महासभा के अध्यक्ष चुने गए और यह अधिवेशन नागपुर में रखा गया। इस अधिवेशन का जिम्मा पूरी तरह से आरएसएस के स्वयंसेवकों द्वारा उठाया गया। इसका नेतृत्व संघ प्रमुख डॉ. हेडगेवार ने किया था। उन्होंने उस अवसर पर सावरकर के लिए असीम श्रद्धा जताई। पूरे नागपुर शहर में एक विशाल जुलूस निकाला गया, जिसमें आगे-आगे श्री भाऊराव देवरस, जो आरएसएस के उच्चतम श्रेणी के स्वयंसेवक थे, हाथी पर अपने हाथ में भगवा ध्वज लेकर चल रहे थे।

धर्मवीर, डॉ. मुंजे और सावरकर के सान्निध्य में डॉ. हेडगेवार ने भारत की गुलामी के कारणों को बड़ी बारीकी से पहचाना और इसके स्थायी समाधान हेतु संघ कार्य प्रारंभ किया। उन्होंने सदैव यही बताने का प्रयास किया कि नई चुनौतियों का सामना करने के लिए हमें नए तरीकों से काम करना पड़ेगा और स्वयं को बदलना होगा, अब ये पुराने तरीके काम नहीं आएँगे। डॉ. साहब वर्ष 1925 से 1940 तक, यानी मृत्युपर्यंत राष्ट्रीय स्वयंसेवक संघ के सरसंघचालक रहे। 21 जून, 1950 को इनका नागपुर में निधन हुआ। इनकी समाधि रेशम बाग, नागपुर में स्थित है, जहाँ इनका अंतिम संस्कार हुआ था।

माधव सदाशिवराव गोलवलकर (1940-1973)

माधवराव सदाशिवराव गोलवलकर राष्ट्रीय स्वयंसेवक संघ के द्वितीय सरसंघचालक थे, जिन्हें सम्मान से 'श्रीगुरुजी' कहा जाता है। उनका जन्म 19 फरवरी, 1906 को महाराष्ट्र के रामटेक में हुआ था, उनके पिता का नाम श्री सदाशिव राव उपाख्य भाऊजी तथा माता श्रीमती लक्ष्मीबाई उपाख्य ताई थीं।

माधवराव सदाशिवराव गोलवलकर

पिता सदाशिव राव प्रारंभ में डाक-तार विभाग में कार्यरत थे, परंतु बाद में उनकी नियुक्ति स्कूल में अध्यापक पद पर हो गई। गोलवलकर शुरू से कुशाग्र बुद्धि के छात्र रहे। वर्ष 1922 में मैट्रिक की परीक्षा में बेहतर अंक लाने पर उन्हें छात्रवृत्ति मिली तो नागपुर के कॉलेज से इंटर विज्ञान विषय से इतना अंक लाया कि कॉलेज की ओर से पुरस्कृत किया गया। वे हॉकी, टेनिस के खेल में काफी दक्ष थे, इसके अतिरिक्त व्यायाम का भी उन्हें शौक था। मलखंब, कूद आदि में वे काफी निपुण थे। विद्यार्थी जीवन में ही उन्होंने बाँसुरी एवं सितारवादन में भी प्रवीणता हासिल थी।

इंटरमीडिएट की परीक्षा उत्तीर्ण करने के बाद माधवराव के जीवन में एक नए दूरगामी परिणाम वाले अध्याय का प्रारंभ सन् 1924 में बनारस हिंदू विश्वविद्यालय में प्रवेश के साथ हुआ। सन् 1926 में उन्होंने बी.एस.सी. और सन् 1928 में एम.एस.सी. की परीक्षाएँ भी प्राणिविज्ञान विषय में प्रथम श्रेणी के साथ उत्तीर्ण की। इस तरह उनका विद्यार्थी जीवन अत्यंत यशस्वी रहा। विश्वविद्यालय में बिताए चार वर्षों में उन्होंने विषय के अध्ययन के अलावा संस्कृत महाकाव्यों, पाश्चात्य दर्शन, श्रीरामकृष्ण परमहंस, स्वामी विवेकानंद की ओजपूर्ण एवं प्रेरक विचार, भिन्न-भिन्न उपासना-पंथों तथा शास्त्रीय विषयों के अनेक ग्रंथों का अध्ययन कर लिया। एम.एससी. की परीक्षा उत्तीर्ण करने के पश्चात् वे प्राणिशास्त्र विषय में मत्स्य जीव पर शोध कार्य हेतु चेन्नई के मत्स्यालय शोध संस्थान से जुड़ गए, लेकिन एक वर्ष के दौरान ही उनके पिता श्री भाऊजी सेवानिवृत्त हो गए, जिसके कारण वह श्रीगुरुजी को पैसा भेजने में असमर्थ हो गए। आर्थिक तंगी के कारण

श्रीगुरुजी को अपना शोध-कार्य अधूरा छोड़कर अप्रैल 1929 में नागपुर वापस लौटना पड़ा।

इसी बीच बनारस हिंदू विश्वविद्यालय से अध्यापन का प्रस्ताव मिला और उन्होंने वहाँ प्राणिशास्त्र विभाग में ज्वॉइन कर लिया। उनके अध्यापन का विषय यद्यपि प्राणि विज्ञान था, लेकिन उनकी प्रतिभा को देखते हुए विश्वविद्यालय प्रशासन ने उन्हें बी.ए. की कक्षा के छात्रों को अंग्रेजी और राजनीति शास्त्र पढ़ाने का अवसर दिया। अध्यापक के रूप में माधवराव अपनी विलक्षण प्रतिभा और योग्यता से छात्रों में इतने अधिक लोकप्रिय हो गए कि छात्र उनको 'गुरुजी' के नाम से संबोधित करने लगे। इसी नाम से वे आगे चलकर जीवन भर जाने गए। माधवराव यद्यपि विज्ञान के परास्नातक थे, लेकिन छात्रों को अंग्रेजी, अर्थशास्त्र, गणित तथा दर्शनशास्त्र जैसे अन्य विषय भी उत्कृष्ट ढंग से पढ़ाया करते थे। सबसे पहले डॉ. हेडगेवार द्वारा काशी हिंदू विश्वविद्यालय भेजे गए नागपुर के स्वयंसेवक भैयाजी दाणी के जरिए गुरुजी संघ के संपर्क में आए और उस शाखा के संघचालक भी बने। 1937 में वे नागपुर वापस आ गए। नागपुर में गोलवलकरजी के जीवन में एकदम नए मोड़ का आरंभ हो गया। डॉ. हेडगेवार के सान्निध्य में उन्हें एक अत्यंत प्रेरणादायक राष्ट्र समर्पित व्यक्तित्व से साक्षात्कार हुआ। वर्ष 1938 के पश्चात् संघ कार्य को ही उन्होंने अपना जीवन कार्य मान लिया। डॉ. हेडगेवार के साथ निरंतर रहते हुए अपना सारा ध्यान संघकार्य पर ही केंद्रित किया।

काम व समर्पण को देखते हुए वर्ष 1939 में माधव सदाशिव गोलवलकर को संघ का सरकार्यवाह नियुक्त किया गया। 1940 में डॉ. हेडगेवार का ज्वर बढ़ता ही गया और अपना अंत समय जानकर उन्होंने उपस्थित कार्यकर्ताओं के सामने माधवजी को अपने पास बुलाया और कहा कि "अब आप ही संघ का कार्य सँभालें।" 21 जून, 1940 को हेडगेवार अनंत में विलीन हो गए। गोलवलकर ने सरसंघचालक के रूप में आए.एस.एस. को अभूतपूर्व नेतृत्व दिया। 9 अगस्त, 1942 को शुरू अंग्रेजों के खिलाफ भारत छोड़ो आंदोलन को गोलवलकरजी के नेतृत्व में संघ का भरपूर साथ मिला। वर्ष 1947 में भारत

विभाजन के समय स्वयंसेवकों ने पाकिस्तान की ओर बसे हिंदुओं को इतना साथ दिया, जो भारतीय इतिहास में स्वयंसेवकों के पराक्रम की अनोखी घटना है। इस कठिन समय में स्वयंसेवकों ने पाकिस्तान वाले भाग से निकालकर हिंदुओं को सुरक्षित भारत भेजना शुरू किया। संघ का आदेश था कि जब तक आखिरी हिंदू सुरक्षित न आ जाए, तब तक स्वयंसेवकों को डटे रहना है। संकट की इस घड़ी में गोलवलकर गुरुजी भारत के उस भाग में घूमते रहे, जो 15 अगस्त, 1947 को पाकिस्तान बना दिया गया। इसी तरह जम्मू-कश्मीर के भारत में विलय में भी गोलवलकर की अहम भूमिका रही। उन्होंने उस समय के गृह मंत्री सरदार बल्लभ भाई पटेल के अनुरोध पर कश्मीर के राजा हरि सिंह को विलय के लिए तैयार किया। कश्मीर नरेश ने गोलवलकर से प्रभावित होकर उनको अंगवस्त्र भेंट किए। वर्ष 1962 के चीन युद्ध के दौरान देश को और उस समय प्रधानमंत्री जवाहर लाल नेहरू की सरकार को गोलवलकरजी का अपूर्व मार्गदर्शन मिला था। उस समय श्रीगुरुजी के आह्वान पर देश भर के स्वयंसेवकों ने युद्ध के समर्थन में जनसमर्थन जुटाने का काम किया, जिसकी प्रशंसा प्रधानमंत्री नेहरू ने भी की। गोलवलकरजी के नेतृत्व में संघ के इन योगदानों की विस्तार से चर्चा हम आगे करेंगे।

30 जनवरी, 1948 को गांधी हत्या के मिथ्या आरोप में 4 फरवरी को संघ पर प्रतिबंध लगाया गया। गोलवलकरजी को गिरफ्तार किया गया। देश भर में स्वयंसेवकों की गिरफ्तारियाँ हुईं। जेल में रहते हुए उन्होंने पत्र-पत्रिकाओं को अपना पक्ष लिखकर भेजा और अपने बयानों के जरिए सरकार को मुहतोड़ जवाब दिया था। उन्होंने आह्वान किया कि "संघ पर आरोप सिद्ध करो या प्रतिबंध हटाओ।" देश भर में यह स्वर गूँज उठा था। 26 फरवरी, 1948 को प्रधानमंत्री जवाहरलाल नेहरू को गृहमंत्री वल्लभ भाई पटेल ने अपने पत्र में लिखा था कि "गांधी हत्या में मैंने स्वयं अपना ध्यान लगाकर पूरी जानकारी प्राप्त की है, उससे जुड़े हुए सभी अपराधी पकड़ में आ गए हैं। उनमें एक भी व्यक्ति राष्ट्रीय स्वयंसेवक संघ का नहीं है।" जवाब में पंडित नेहरू ने सरदार वल्लभ भाई पटेल को भेजे हुए अपने संदेश में लिखा—"संघ पर से पाबंदी

उठाने पर मुझे जितनी खुशी हुई इसका प्रमाण तो उस समय जो लोग मेरे निकट थे, वे ही बता सकते हैं···मैं आपको अपनी शुभकामनाएँ भेजता हूँ।"

बालासाहब देवरस (1973-1993)

श्री बालासाहब देवरस आरएसएस के तीसरे सरसंघचालक थे। उनका जन्म 11 दिसंबर, 1915 को नागपुर में हुआ था, हालाँकि स्थायी रूप से उनका परिवार मध्य प्रदेश के बालाघाट जिले के आम गाँव के निकटवर्ती ग्राम कारँजा का निवासी था। बालासाहब दत्तात्रेय देवरस और बहिनाभाई के सुपुत्र थे। उनकी माँ भी एक बड़ी समाजसेविका थीं। बालासाहब के पिता को भी लोग भैयाजी कहकर पुकारते थे। वे प्रारंभ में मध्य प्रदेश के जबलपुर में एक जेल अधीक्षक थे, लेकिन बाद में उन्होंने यह नौकरी छोड़ दी और दूसरी नौकरी ज्वाइन कर नागपुर आ गए। वहीं इतवारी मोहल्ले में स्थित एक विशाल बँगले में रहने लगे। यहाँ देवरस परिवार संयुक्त रूप से रहता था, जिसमें कई सदस्य थे। देवरस परिवार के बच्चे व्यायामशाला जाते थे। वर्ष 1925 में जब संघ की शाखा प्रारंभ हुई तो बालासाहब ने शाखा जाना प्रारंभ कर दिया। उनकी संपूर्ण शिक्षा नागपुर में ही हुई। संस्कृत और दर्शन शास्त्र विषय को लेकर मॉरिस कॉलेज से बालासाहब ने वर्ष 1935 में बी.ए. किया। संस्कृत उनका सबसे प्रिय विषय था, जिसमें वे अकसर सौ में सौ अंक प्राप्त करते थे। इतिहास और अंग्रेजी उनके अन्य प्रिय विषय थे। बालासाहब के छोटे भाई भाऊराव में भी राष्ट्रीय स्वयंसेवक संघ के लिए अपना पूरा जीवन समर्पित कर दिया था। बालासाहब कॉलेज की कक्षाओं के बाद अपना

बालासाहब देवरस

अधिकतम समय राष्ट्रीय स्वयंसेवक संघ को देते थे। वे अपने कॉलेज में बड़ी संख्या में युवाओं तथा दोस्तों से मिला करते थे और उन्हें राष्ट्रीय स्वयंसेवक संघ में आने के लिए प्रेरित करते थे।

जैसे-जैसे शाखाओं की संख्या बढ़ी, उन्हें वर्ष 1932 में मार्तंड मुलमुले और भैयाजी खाडवेकर के साथ इतवारी शाखा को सँभालने का कार्य सौंपा गया। छह महीने के भीतर उनको इस शाखा के मुख्य शिक्षक की जिम्मेदारी दी गई। दो वर्ष बाद उन्होंने विधि (लॉ) की परीक्षा उत्तीर्ण की। विधि स्नातक बनने के बाद बालासाहब ने दो वर्ष तक अनाथ विद्यार्थी बस्ती गृह में अध्यापन कार्य किया, इसके बाद उन्हें नागपुर में नगर कार्यवाह का दायित्व सौंपा गया। वहाँ वर्ष 1965 में उन्हें सरकार्यवाह का दायित्व सौंपा गया, जो 06 जून, 1973 तक उनके पास रहा।

श्रीगुरुजी के स्वर्गवास के बाद 06 जून, 1973 को उन्हें सरसंघचालक का जिम्मा सौंपा गया। उन्होंने संघ के सेवाकार्य पर बल दिया। परिणामस्वरूप उत्तर पूर्वांचल सहित देश के वनवासी क्षेत्रों के हजारों की संख्या में सेवाकार्य आरंभ हुए। वर्ष 1975 में भारत की तत्कालीन प्रधानमंत्री श्रीमती इंदिरा गांधी ने आपातकाल की घोषणा कर संघ पर प्रतिबंध लगा दिया। संघ के हजारों स्वयंसेवकों को मीसा तथा डी.आई.आर. जैसे कानून के अंतर्गत जेलों में डाल दिया गया तथा यातनाएँ दी गईं। बालासाहब की प्रेरणा एवं सफल मार्गदर्शन में विशाल सत्याग्रह हुआ और 1977 में आपातकाल समाप्त होकर संघ से प्रतिबंध हटा। स्वास्थ्य कारणों से जीवन काल में ही वर्ष 1994 में सरसंघचालक का दायित्व उन्होंने प्रो. राजेंद्र सिंह उपाख्य रज्जू भैया को सौंप दिया। 17 जून, 1996 को उनका स्वर्गवास हो गया।

बालासाहब राष्ट्रीय स्वयंसेवक संघ के काम में कुछ विशेष बदलाव के लिए भी जाने जाते हैं। उनके नागपुर का प्रभारी बनने से पहले संघ की शाखाएँ सप्ताह में छह दिनों के लिए लगती थीं और रविवार को छुट्टी रहती थी। बालासाहब ने रविवार को भी शाखा लगवाना शुरू किया, जो आज तक जारी है। वर्ष 1938 में बालासाहब के कहने पर राष्ट्रीय स्वयंसेवक संघ की

रज्जू भैया वर्ष 1942 में एम.एससी. प्रथम वर्ष के दौरान संघ की ओर आकर्षित हुए। एम.एससी. में पढ़ाई के दौरान उनके विभाग में प्रसिद्ध वैज्ञानिक सी.वी. रमण आए, उन्होंने रज्जू भैया की प्रतिभा से प्रभावित होकर अपने साथ रिसर्च करने का प्रस्ताव दिया। एम.एससी. पास करने के बाद रज्जू भैया सी.वी. रमण से मिलने नैनीताल गए, जहाँ उनके पिता भी पदस्थापित थे, मगर वे रिसर्च का मौका छोड़कर जल्द वापस लौट आए, क्योंकि वे वर्ष 1943 में वाराणसी में आयोजित किए जा रहे राष्ट्रीय स्वयंसेवक संघ के ग्रीष्मकालीन शिविर में शामिल होना चाहते थे। यह शिविर उनके लिए एक महत्त्वपूर्ण मोड़ साबित हुआ, क्योंकि यहाँ पर वे गुरुजी से मिले और उनपर संघ का रंग गहराता गया, केवल एक-डेढ़ वर्ष के संपर्क में ही उन्होंने एम.एससी. पास करने के बाद प्रयाग विश्वविद्यालय में व्याख्याता पद पाने के साथ-साथ प्रयाग के 'नगर कायर्वाह' का दायित्व भी सँभाल लिया। वर्ष 1946 में प्रयाग विभाग के कार्यवाह, वर्ष 1948 में जेल यात्रा, वर्ष 1949 में दो-तीन विभागों को मिलाकर संभाग कार्यवाह, वर्ष 1952 में प्रांत कार्यवाह और वर्ष 1954 में भाऊराव देवरस के प्रांत छोड़ने के बाद उनकी जगह पूरे प्रांत का दायित्व सँभालने लगे। वर्ष 1961 में भाऊराव के वापस लौटने पर प्रांत प्रचारक का दायित्व उन्हें वापस देकर सहप्रांत प्रचारक के रूप में पुनः उनके सहयोगी बने। भाऊराव के कार्यक्षेत्र का विस्तार हुआ तो पुनः वर्ष 1962 से 1965 तक उत्तर प्रदेश के प्रांत प्रचारक, वर्ष 1968 से 1974 तक सह क्षेत्र प्रचारक व क्षेत्र प्रचारक का दायित्व सँभाला। वर्ष 1975 से 1977 तक आपातकाल में भूमिगत रहकर लोकतंत्र की वापसी का आंदोलन खड़ा किया। वर्ष 1977 में सह सरकार्यवाह बने तो वर्ष 1978 के मार्च में माधवराव मुले का सर कार्यवाह का दायित्व भी उन्हें ही दिया गया। वर्ष 1978 से 1987 तक लगातार इस पद पर रहे। वर्ष 1987 में में एच.वी. शेषाद्रि को यह दायित्व देकर सह-सरकार्यवाह के रूप में उनके सहयोगी बने। 11 मार्च, 1994 में तत्कालीन सरसंघचालक बालासाहब देवरस ने अपने गिरते स्वास्थ्य के कारण सरसंघचालक का शीर्षस्थ दायित्व रज्जू भैया को सौंप दिया।

भौतिक शास्त्र जैसे कठिन विषय पर असाधारण अधिकार रखने के साथ-साथ अत्यंत सरल व रोचक अध्यापन शैली के कारण रज्जू भैया प्रयाग विश्वविद्यालय के सर्वाधिक लोकप्रिय और सफल प्राध्यापक थे। विश्वविद्यालय में अध्यापक रहकर भी उन्होंने अपने लिए धन जमा नहीं किया। वे अपने वेतन की एक-एक पाई को संघ कार्य पर खर्च कर देते थे। निस्स्वार्थ स्नेह और निष्काम कर्म साधना के कारण रज्जू भैया सबके प्रिय थे। वर्ष 1975 में जब तत्कालीन प्रधानमंत्री श्रीमती इंदिरा गांधी ने आपातकाल लगाया, तब रज्जू भैया ने भूमिगत आंदोलन में महत्त्वपूर्ण भूमिका निभाई। वे प्रोफेसर गौरव सिंह के छद्म रूप में आपातकाल विरोधी आंदोलन में सक्रिय रहे। अयोध्या में राम मंदिर आंदोलन में भी रज्जू भैया की भूमिका महत्त्वपूर्ण थी। 6 दिसंबर, 1992 को अयोध्या में जमा कारसेवकों ने बाबरी मसजिद के विवादित ढाँचे को गिरा दिया। इस घटना के बाद राष्ट्रीय स्वयंसेवक संघ को इतिहास में तीसरी बार प्रतिबंधित किया गया, लेकिन इस प्रतिबंध को 4 जून, 1993 को तब हटा लिया गया, जब न्यायालय से यह निष्कर्ष आया कि राष्ट्रीय स्वयंसेवक संघ पर लगाया गया प्रतिबंध न्यायोचित नहीं है। लगातार काम करते हुए रज्जू भैया का शरीर टूटने लगा था। वर्ष 1999 में ही वे दायित्व मुक्त होना चाहते थे, मगर अपने सहयोगियों के अनुरोध पर कुछ समय के लिए और ठहर गए, लेकिन एक वर्ष की प्रतीक्षा के बाद 10 मार्च, 2000 को नागपुर में अखिल भारतीय प्रतिनिधि सभा में सुदर्शनजी को यह दायित्व सौंप स्वैच्छिक पद-संन्यास का आदर्श प्रस्तुत किया।

श्री कुप्पाहाली सीतारमय्या सुदर्शन (2000-2009)

श्री कुप्पाहाली सीतारमय्या सुदर्शन संघ के पाँचवें सरसंघचालक थे, वे सुदर्शनजी के नाम से लोकप्रिय हुए। सुदर्शन मूलतः तमिलनाडु और कर्नाटक की सीमा पर बसे कुप्पाहाली (मैसूर) ग्राम के निवासी थे। कन्नड़ परंपरा में सबसे पहले गाँव, फिर पिता और फिर अपना नाम बोलते हैं। के.एस. सुदर्शन के पिता श्री सीतारमय्या वन विभाग की नौकरी के कारण अधिकांश समय मध्य

प्रदेश में ही रहे और वहीं तत्कालीन मध्य प्रदेश और मौजूदा छत्तीसगढ़ की राजधानी रायपुर जिले में 18 जून, 1931 को सुदर्शनजी का जन्म हुआ। सुदर्शन की प्रारंभिक शिक्षा रायपुर में हुई। महज नौ साल की उम्र में ही उन्होंने पहली बार आरएसएस की शाखा में भाग लिया। उन्होंने वर्ष 1954 में जबलपुर के सागर विश्वविद्यालय से दूरसंचार विषय में इंजीनियरिंग की पढ़ाई पूरी की। इंजीनियरिंग पास करने के बाद 23 साल की उम्र में पहली बार सुदर्शन आरएसएस के पूर्णकालिक प्रचारक बने। सर्वप्रथम उन्हें रायगढ़ भेजा गया।

श्री कुप्पाहाली सीतारमय्या सुदर्शन

संघ के वे इकलौते प्रचारक हुए, जिन्हें शारीरिक और बौद्धिक दोनों का प्रमुख होने का अवसर मिला। वे बहुमुखी प्रतिभा के धनी थे। उन्होंने आरएसएस को अपनी नई सोच के आधार पर नए प्रयोगों से अनुप्राणित किया। वर्ष 1909 से 1971 तक उन पर अखिल भारतीय शारीरिक प्रमुख का दायित्व था। इस दौरान ही खड्ग, शूल, छुरा आदि प्राचीन शस्त्रों के स्थान पर नियुद्ध, आसन तथा खेल को संघ शिक्षा वर्गों के शारीरिक पाठ्यक्रम में स्थान मिला। आज प्रात:कालीन शाखाओं पर आसन तथा विद्यार्थी शाखाओं पर नियुद्ध (नि:शस्त्र कला) एवं खेलों का अभ्यास कार्यक्रम का अभिन्न अंग बन गया है। आपातकाल के अपने 19 माह के कारावास के दौरान उन्होंने योगचाप पर नए प्रयोग किए तथा उसके स्वरूप को बिल्कुल बदल डाला। योगचाप की लय और ताल के साथ होने वाले संगीतमय व्यायाम से 15 मिनट में ही शरीर का प्रत्येक जोड़ आनंद एवं नवस्फूर्ति का अनुभव करता है। वर्ष 1977 में सुदर्शनजी का केंद्र कोलकाता बनाया गया तथा शारीरिक प्रमुख के साथ-साथ वे पूर्वोत्तर भारत के क्षेत्र प्रचारक भी रहे। वर्ष 1979 में

वे अखिल भारतीय बौद्धिक प्रमुख बने, शाखा पर बौद्धिक विभाग की ओर से होने वाले दैनिक कार्यक्रम (गीत, सुभाषित, अमृत वचन) साप्ताहिक कार्यक्रम (चर्चा, कहानी, प्रार्थना, अभ्यास), मासिक कार्यक्रम (बौद्धिक वर्ग, समाचार समीक्षा, जिज्ञासा, समाधान, गीत, सुभाषित, एकात्मता स्तोत्र आदि की व्याख्या) तथा शाखा के अतिरिक्त समय से होने वाली मासिक श्रेणी बैठकों को सुव्यवस्थित स्वरूप वर्ष 1979 से 1990 के दौरान ही मिला। शाखा पर होने वाले प्रातः स्मरण के स्थान पर नए एकात्मता स्तोत्र एवं एकात्मता मंत्र को भी उन्होंने प्रचलित कराया। 1990 में उन्हें सह सरकार्यवाह की जिम्मेदारी दी गई।

सुदर्शनजी कन्नड़ और अंग्रेजी से ज्यादा हिंदी पर अधिकार रखते थे। पूर्वांचल में कार्य करते हुए उन्होंने वहाँ की समस्याओं का गहन अध्ययन किया। साथ ही उन्होंने बँगला और असमिया भाषा पर भी अच्छा अधिकार प्राप्त कर लिया, इसके अलावा भी वे कई भाषाओं के जानकार थे। हिंदी के प्रति उनके विशेष आग्रह के कारण ही मध्य प्रदेश में हिंदी विश्वविद्यालय का जन्म हुआ। वे भारत के इतिहास को एक राष्ट्रीय परिप्रेक्ष्य में फिर से लिखे जाने के लिए एक आंदोलन को शुरू करने के पक्षधर थे। पूर्व मानव संसाधन मंत्री डॉ. मुरली मनोहर जोशी लिखते हैं—"उन्होंने इस पर छह लोगों के साथ मंत्रणा की, जिनमें मेरे अतिरिक्त पी. परमेश्वरन, के.आई. बसु, डॉ. सुजीत धर, के.आर. मलकानी, देवेंद्र स्वरूपजी आदि शामिल थे। बाद में उन्होंने और लोगों को भी इसमें अपने साथ लिया, जैसे डॉ. बजरंगलाल गुप्ता। चर्चाएँ चलती रहीं और अंतिम परिणाम था, एक विचार-प्रक्रिया। इसे 'प्रज्ञा प्रवाह' का नाम दिया गया, इसके बैनर तले कुछ कार्यक्रम आयोजित होने लगे। स्वदेशी के मुद्दों पर भी ऐसी ही गतिविधियाँ शुरू की गईं और देश के प्रमुख वैज्ञानिकों के पास जाया गया और वे भी इन कार्यक्रमों के साथ जुड़ गए। इस प्रकार सुदर्शनजी के पास एक बहुआयामी विचारधारा और दृष्टिकोण था।"

सुदर्शनजी भारतीय कृषि को उन्नतशील बनाने को लेकर हमेशा चिंतित

रहा करते थे। उन्होंने दशकों पहले जोर दिया था कि भारत को जैविक खेती की ओर जाना चाहिए। सुदर्शनजी को इस बात की भी गहरी इच्छा थी कि भारत में पेट्रोल और डीजल का कोई विकल्प सामने आए। वे बायोडीजल (वनस्पति से बना डीजल) के निर्माण और ऐसे पौधों के रोपण के भी प्रबल पक्षधर थे। ग्राम विकास, कृषि, गौ-पालन और ऊर्जा आदि के देशज और परंपरागत अनुभवों एवं जानकारियों के बारे में उनका अपना मौलिक चिंतन था। पंजाब में खालिस्तान आंदोलन के दौरान सह सरकार्यवाह के रूप में सुदर्शनजी ने 400 संतों द्वारा आयोजित 'सद्भावना यात्रा' में महत्त्वपूर्ण भूमिका अदा की थी। अशोक सिंघल कहते थे—"सुदर्शनजी ने न केवल गुरुग्रंथ साहिब (सिखों का पवित्र धर्म ग्रंथ) पढ़ा था, अपितु इसके कई उदाहरण कुशलतापूर्वक बोल भी सकते थे, उन्होंने सिखों की राष्ट्रीय संस्था, जिसे 'राष्ट्रीय सिख संगत' का नाम मिला, को बनाने में अहम भूमिका निभाई थी।"

आरएसएस के मुखिया के तौर पर वे हमेशा तुष्टीकरण के खिलाफ रहे, लेकिन मुसलमानों के भारतीयकरण के पक्षधर थे। उनकी ही प्रेरणा से आरएसएस के 'राष्ट्रीय मुसलिम मंच' का गठन हुआ। प्रख्यात स्तंभकार मुजफ्फर हुसैन हों या बुजुर्ग नेता आरिफ बेग, सुदर्शनजी के साथ इसलाम के विषय पर घंटों चर्चा करते थे। वे मुसलमानों को न सिर्फ उदा, बल्कि शिक्षित, सहिष्णु और राष्ट्रवादी बनाने के लिए भी चिंतित रहते थे, यही कारण है कि मुसलमानों के बीच एक बड़ा वर्ग तैयार हुआ है, जो राम मंदिर आंदोलन का समर्थन, गोरक्षा के लिए केंद्रीय कानून बनाने का आग्रह, अमरनाथ यात्रा में हिंदुओं के अधिकारों का समर्थन और आतंकवादियों को फाँसी देने की माँग करता है। वैश्विक हिंदू एकता के प्रयासों की दृष्टि से उन्होंने ब्रिटेन, हॉलैंड, केन्या, सिंगापुर, मलेशिया, थाईलैंड, हांगकांग, अमेरिका, कनाडा, टुबैगो, गुयाना आदि देशों का प्रवास भी किया।

डॉ. मोहनराव मधुकरराव भागवत (2009 से वर्तमान)

सरसंघचालक सुदर्शनजी ने 21 मार्च, 2009 को डॉ. मोहनराव मधुकरराव भागवत को अपनी जिम्मेदारी सौंप दी और मोहन भागवत संघ के छठे सरसंघचालक मनोनीत हुए। ये अब तक के सबसे कम उम्र में सरसंघचालक बनने वाले प्रचारक हैं। मोहन भागवत का जन्म 11 सितंबर, 1950 में महाराष्ट्र के छोटे से शहर चंद्रपुर में हुआ था, इनका पूरा परिवार राष्ट्रीय स्वयंसेवक संघ से जुड़ा हुआ है। मोहन भागवत के पिता मधुकरराव भागवत चंद्रपुर क्षेत्र के अध्यक्ष और गुजरात के प्रांत प्रचारक थे। मधुकरराव ने ही लालकृष्ण आडवाणी का संघ से परिचय कराया था। उनके एक भाई भी संघ के वरिष्ठ कार्यकर्ता हैं। मोहन भागवत कुल तीन भाई और एक बहन में सबसे बड़े हैं।

डॉ. मोहनराव मधुकरराव भागवत

संघ से तीन पीढ़ी से संबंध : मोहन भागवत के परिवार का संघ से तीन पीढ़ी का नाता रहा है, उनके दादा नारायण भागवत सतारा के रहने वाले थे। कानून की पढ़ाई करने के बाद नारायण वकालत करने के लिए सतारा छोड़कर चंद्रपुर आए थे। नागपुर की नील सिटी स्कूल में नारायण और केशव बलिराम हेडगेवार सहपाठी हुआ करते थे, दोनों लोगों को स्कूल में एक अंग्रेज अधिकारी के आगमन पर 'वंदे मातरम्' गाने की वजह से स्कूल से बाहर कर दिया गया था। चंद्रपुर आने के बाद नारायण अंग्रेजों के खिलाफ आंदोलन कर रही कांग्रेस के साथ काम करने लगे। वर्ष 1925 में हेडगेवार द्वारा आरएसएस की स्थापना के बाद नारायण भागवत ने सक्रिय तौर पर संघ का काम शुरू किया और उन्हें नया नाम मिला 'नाना साहब भागवत'। नाना साहब भागवत के बेटे मधुकर भागवत, यानी मोहन भागवत के पिता का

बचपन भी शाखा में बीता। जवान होते-होते वे संघ के प्रचारक बन चुके थे। उन्हें वर्ष 1940 में संघ के काम को विस्तार देने के लिए गुजरात भेजा गया। गुजरात में कुछ साल प्रचारक के तौर पर काम करने के बाद मधुकर घर लौटे। उनकी शादी मालती बाई से हुई, जिन्होंने 11 सितंबर, 1950 को मोहन भागवत को जन्म दिया। उधर मधुकर भागवत कानून की पढ़ाई पूरी करने के बाद चंद्रपुर लौटे और अपने पिता की तरह वकालत करने लगे, थोड़े समय बाद वे अपने पिता की जगह चंद्रपुर जिले के संघकार्यवाह बने।

शिक्षा : मोहन भागवत का बचपन भी अपने पिता की तरह शाखा में बीता। मोहनजी ने चंद्रपुर के लोकमान्य तिलक विद्यालय से अपनी स्कूली शिक्षा और जनता कॉलेज चंद्रपुर से बी.एससी. प्रथम वर्ष की शिक्षा पूर्ण की, उन्होंने कृषि विद्यापीठ अकोला से पशु चिकित्सा और पशुपालन में स्नातक की पढ़ाई की, संघ का काम यहाँ भी जारी रहा। कॉलेज में भागवत संगीत और थियेटर विधा में भी प्रवीण थे। मोहन भागवत के छोटे भाई रविंद्र भागवत ने एक अखबार को बताया था कि जब मोहन अकोला से अपनी कॉलेज की पढ़ाई पूरी करके घर लौटे तो अपने साथ एक बोरा भरकर ईनाम लाए थे। पढ़ाई से लेकर कला-संस्कृति के क्षेत्र में प्रवीण रहे। पढ़ाई पूरी करने के बाद वे वेटनरी ऑफिसर हुए। वर्ष 1975 के अंत में, जब देश तत्कालीन प्रधानमंत्री इंदिरा गांधी द्वारा लगाए गए आपातकाल से जूझ रहा था, उसी समय वे पशु चिकित्सा में अपना स्नातकोत्तर पाठ्यक्रम अधूरा छोड़कर संघ के पूर्णकालिक स्वयंसेवक बन गए। उस दौरान भागवतजी के माता-पिता को जेल में डाल दिया गया था। आपातकाल के दौरान वे अज्ञातवास में रहे। वर्ष 1977 के बाद वे संघ में तेजी से सक्रिय हुए, बाद में उन्हें नागपुर और विदर्भ क्षेत्रों का प्रचारक बनाया गया, उसके बाद वे बिहार के क्षेत्रीय प्रचारक बने। वर्ष 1987 में संघ की केंद्रीय कार्यकारिणी में आ गए और अखिल भारतीय सह शारीरिक प्रमुख के रूप में काम करने लगे। केंद्रीय कार्यकारिणी में उन्होंने 1991 से 1999 तक अखिल भारतीय शारीरिक प्रमुख के रूप में काम किया, फिर एक साल के लिए प्रचार प्रमुख हुए। वर्ष 2000 में जब राजेंद्र सिंह (रज्जू

भैया) और एच.वी. शेषाद्रि के क्रमशः सरसंघचालक और सरकार्यवाह का पद छोड़ने के बाद जब के.एस. सुदर्शन को नया सरसंघचालक बनाया गया तो मोहन भागवत को सरकार्यवाह बनाया गया था। सुदर्शनजी के बाद उन्हें 3 मार्च, 2009 को सरसंघचालक का जिम्मा दिया गया।

मोहन भागवत संघ की कार्यशैली में बड़े बदलाव के लिए जाने जाते हैं, उन्होंने अपने व्यक्तित्व और कृतित्व से भारत की पूरी राजनीतिक व्यवस्था को न केवल प्रभावित किया है, बल्कि बड़ा उलट-फेर किया है। उनके कठोर अनुशासन और पैनी दृष्टि के कारण भाजपा पर संघ का अभी जो नियंत्रण है, वह पहले कभी नहीं देखा गया। मोहन भागवत की सबसे खासियत रही है कि वे जब बोलते हैं तो सच बोलते हैं, बेझिझक बोलते हैं, राष्ट्रहित में बोलते हैं। वे यह नहीं देखते हैं, इसका परिणाम क्या होगा? उनके कार्यकाल में संघ के आनुषंगिक संगठनों और सदस्यों की संख्या में बड़ा विस्तार हुआ है। उन्हें एक स्पष्टवादी, व्यावहारिक और दलगत राजनीति से संघ को दूर रखने के एक स्पष्ट दृष्टिकोण के लिए जाना जाता है। उन्हें संघ का स्पष्टवादी, विनम्र और व्यवहारिक प्रमुख माना जाता है। वे पश्चिमी देशों के घोर विरोधी हैं। एक भाषण में उन्होंने कहा था कि बलात्कार की घटनाएँ इंडिया (पश्चिमपरस्त भारत) में होती हैं, भारत (ग्रामीण भारत) में नहीं। मोहन भागवत को एक व्यावहारिक नेता के रूप में देखा जाता है, उन्होंने हिंदुत्व के विचार को आधुनिकता के साथ आगे ले जाने की बात कही है। उन्होंने बदलते समय के साथ चलने पर बल दिया है, लेकिन इसके साथ ही संगठन का आधार समृद्ध और प्राचीन भारतीय मूल्यों में दृढ़ बनाए रखा है।

मोहन भागवत संघ की कार्यशैली में बड़े बदलाव के लिए जाने जाते हैं, उन्होंने अपने व्यक्तित्व और कृतित्व से भारत की पूरी राजनीतिक व्यवस्था को न केवल प्रभावित किया है, बल्कि बड़ा उलट-फेर किया है। उनके कठोर अनुशासन और पैनी दृष्टि के कारण भाजपा पर संघ का अभी जो नियंत्रण है, वह पहले कभी नहीं देखा गया।

हिंदू समाज में जातीय असमानताओं के सवाल पर भागवतजी ने कहा है कि अस्पृश्यता के लिए कोई स्थान नहीं होना चाहिए, इसके साथ उन्होंने यह भी कहा कि अनेकता में एकता के सिद्धांत के आधार पर स्थापित हिंदू समाज को अपने ही समुदाय के लोगों के विरुद्ध होने वाले भेदभाव के स्वाभाविक दोषों पर विशेष ध्यान देना चाहिए। उन्होंने कई मौकों पर आरक्षण नीति में पुनर्विचार की वकालत भी की है।

□

संघ के सरकार्यवाह

आरएसएस में सरसंघचालक के बाद सरकार्यवाह का पद सबसे महत्त्वपूर्ण माना जाता है। विश्व के सबसे बड़े संगठन के दूसरे प्रमुख पद के लिए तीन साल पर चुनाव होता है तो कोई तामझाम नहीं रहता है और न ही कोई दिखावा होता है। इस चुनाव की प्रक्रिया केंद्रीय कार्यकारिणी की बैठक में पूरी होती है। संघ के इस चुनाव की प्रक्रिया में पूरी केंद्रीय कार्यकारिणी क्षेत्र व प्रांत के संघचालक, कार्यवाह व प्रचारक स्वयंसेवकों की ओर से चुने गए प्रतिनिधि शामिल होते हैं। संघ के नियमित कार्यों के संचालन की जिम्मेदारी सरकार्यवाह की होती है। एक तरह से महासचिव का पद होता है, जिसे सरकार्यवाह कहा जाता है। इसके साथ ही प्रतिनिधि सभा में अन्य प्रमुख पदाधिकारियों की नियुक्ति भी होती है। सभी पदाधिकारियों का कार्यकाल तीन साल का होता है।

दत्तात्रेय होसबाले

संघ में प्रत्येक तीन साल पर चुनावी प्रक्रिया जिला स्तर से शुरू होती है। सरकार्यवाह से पहले जिला और महानगर संघचालक का चुनाव होता

है। चुनाव के बाद ये सभी अधिकारी अपनी नई टीम की घोषणा करते हैं। इस प्रक्रिया के पूरा होने के बाद अखिल भारतीय स्तर पर प्रतिनिधि सभा की बैठक में सरकार्यवाह और क्षेत्र संघचालक का भी चुनाव होता है। संघ के प्रतिनिधि सभा की बैठक में अंतिम दिन सरकार्यवाह का चुनाव होता है। इस बैठक में सरकार्यवाह अपने तीन वर्षों के कार्यकाल का पूरा लेखा-जोखा रखते हैं, इसके बाद वे बैठक में मौजूद लोगों से कहते हैं कि अब आप लोग जिन्हें चाहें, इस दायित्व के लिए चुन सकते हैं, फिर वे मंच से उतरकर सामने आकर सभी लोगों के साथ बैठ जाते हैं। उस समय मंच पर केवल सरसंघचालक बैठे रहते हैं। इसके बाद संघ के सबसे वरिष्ठ सह सरकार्यवाह के चुनाव के लिए चुनाव अधिकारी की घोषणा करते हैं। संघ के चुनाव अधिकारी चुनावी प्रक्रिया की शुरुआत करते हुए नए सरकार्यवाह के लिए नाम माँगेगे। केंद्रीय प्रतिनिधियों के इस चुनाव में केंद्रीय प्रतिनिधि ही वोटर होते हैं, लेकिन कोई भी प्रचारक वोटर नहीं होता। संघ का कोई व्यक्ति खड़ा होकर नाम की घोषणा करता है और दूसरा उसका अनुमोदन कर देता है। ऐसे में अगर किसी को कोई नाम देना होता है तो वह तीन से चार अनुमोदक के साथ नाम प्रस्तावित कर सकता है।

चुनाव पदाधिकारी घोषणा करते हैं कि कोई और नाम इसके लिए प्रस्तावित है तो बताएँ। ऐसे में जब कोई नाम नहीं आता है, तब सर्वसम्मति से सरकार्यवाह के लिए उस नाम की घोषणा चुनाव पदाधिकारी की ओर से की जाती है, इसके बाद उन्हें सम्मानपूर्वक मंच पर ले जाकर सरसंघचालक के साथ बैठा दिया जाता है। सरकार्यवाह अपनी टीम के नामों की घोषणा करते हैं और फिर बैठक होती है, आगामी कार्ययोजना पर चर्चा होती है। संघ के इतिहास में अभी तक तो सर्वसम्मति से ही सरकार्यवाह का चुनाव हुआ है। नए सरकार्यवाह चुने जाने के बाद अपनी टीम का गठन करते हैं। संघ के अभी तक के सरकार्यवाह माधव राव सदाशिवराव गोलवलकर उपाख्य श्रीगुरुजी (बाद में संघ प्रमुख भी बने), भैयाजी दानी, एकनाथ रानाडे, माधवराव मूले, बालासाहब देवरस (बाद में तृतीय सरसंघचालक बने), रज्जू भैया (बाद

में चौथे सरसंघचालक बने), एच.वी. शेषाद्रि, डॉ. मोहन भागवत (वर्तमान सरसंघचालक), भैयाजी जोशी के बाद अब दत्तात्रेय होसबाले हैं।

कौन हैं दत्तात्रेय होसबाले

मार्च 2021 में बेंगलुरु के चेन्नहल्ली स्थित जनसेवा विद्या केंद्र में संपन्न प्रतिनिधि सभा की बैठक में दत्तात्रेय होसबाले को सर्वसम्मति से तीन वर्षों के लिए सरकार्यवाह चुना गया, उनके पहले करीब 12 साल तक भैयाजी जोशी इस पद पर रहे। दत्तात्रेय होसबाले कर्नाटक के शिमोगा के रहने वाले हैं। दिसंबर 1955 में जनमे होसबाले मात्र 13 साल की उम्र में वर्ष 1968 में आरएसएस से जुड़ गए थे। वर्ष 1972 में अखिल भारतीय विद्यार्थी परिषद् (ए.बी.वी.पी.) से जुड़े होसबाले ने बेंगलुरु यूनिवर्सिटी से अंग्रेजी में स्नातकोत्तर किया। दत्तात्रेय ए.बी.वी.पी. के कर्नाटक के प्रदेश संगठन मंत्री रहे, इसके बाद ए.बी.वी.पी. के राष्ट्रीय मंत्री और सह संगठन मंत्री रहे। करीब दो दशकों तक ए.बी.वी.पी. के राष्ट्रीय संगठन मंत्री रहे। गुवाहाटी में युवा विकास केंद्र के संचालन में इनकी महत्त्वपूर्ण भूमिका रही। अंडमान निकोबार द्वीप समूह और पूर्वोत्तर भारत में विद्यार्थी परिषद् के कार्य-विस्तार का संपूर्ण श्रेय उन्हें जाता है।

इसके बाद वर्ष 2002-03 में संघ के अखिल भारतीय सह बौद्धिक प्रमुख बनाए गए। वे वर्ष 2009 से सह सरकार्यवाह थे। दत्तात्रेय होसबाले को मातृभाषा कन्नड़ के अतिरिक्त अंग्रेजी, तमिल, मराठी, हिंदी व संस्कृत सहित अनेक भाषाओं का ज्ञान है। वर्ष 1975-77 के जे.पी आंदोलन में करीब पौने दो वर्ष तक मीसा के अंतर्गत जेल में रहे। जेल में होसबाले ने दो हस्तलिखित पत्रिकाओं का संपादन भी किया। इनमें से एक कन्नड़ भाषा की मासिक पत्रिका 'असीमा' थी। दत्तात्रेय ने नेपाल, रूस, इंग्लैंड, फ्रांस, अमेरिका आदि कई देशों की यात्राएँ की हैं। संपूर्ण भारतवर्ष की कई बार प्रदक्षिणा की है। नेपाल में आए भीषण भूकंप के बाद संघ द्वारा भेजी गई राहत सामग्री और राहत दल के प्रमुख के नाते नेपाल गए थे और वहाँ कई दिनों तक सेवा कार्य किया था। वर्ष 2004 में वे संघ के अखिल भारतीय सह बौद्धिक प्रमुख बनाए

गए, फिर वर्ष 2008 में सह सरकार्यवाह उसके बाद सरकार्यवाह।

राष्ट्रीय स्वयंसेवक संघ ने अपनी अखिल भारतीय कार्यकारिणी की घोषणा कर दी। नागपुर के रेशमबाग स्थित डॉ. हेडगेवार स्मृति मंदिर परिसर में 15 से 17 मार्च तक हुई अखिल भारतीय प्रतिनिधि सभा की बैठक के बाद यह कार्यकारिणी घोषित की गई। हर साल वर्ष प्रतिपदा यानी भारतीय नववर्ष से पहले अखिल भारतीय प्रतिनिधि सभा संपन्न होती है। इस बैठक में अखिल भारतीय कार्यकारिणी बनाई जाती है।

अखिल भारतीय कार्यकारिणी—

सरसंघचालक—डॉ. मोहन भागवत

सरकार्यवाह—दत्तात्रेय होसबाले

सह सरकार्यवाह—डॉ. कृष्णगोपाल, के.सी. मुकुंद, अरुण कुमार, रामदत्त चक्रधर, आलोक कुमार और अतुल लिमये

शारीरिक प्रमुख—जगदीश प्रसाद

सह शारीरिक प्रमुख—ओ.के. मोहनन

बौद्धिक प्रमुख—सुनीलभाई मेहता

सह बौद्धिक प्रमुख—दीपक विसपुते

व्यवस्था प्रमुख—मंगेश भेंडे

सह व्यवस्था प्रमुख—अनिल ओक और विजय कुमार

सेवा प्रमुख—पराग अभ्यंकर

सह सेवा प्रमुख—राजकुमार मटाले और ए. सेंथिलकुमार

संपर्क प्रमुख—रामलाल

सह संपर्क प्रमुख—सुनील देशपांडे, रमेश पप्पा और भारत भूषण

प्रचार प्रमुख—सुनील आंबेकर

सह प्रचार प्रमुख—नरेंद्र कुमार ठाकुर और प्रदीप जोशी

प्रचारक प्रमुख—स्वांत रंजन

सह प्रचारक प्रमुख—अरुण जैन और सुनील कुलकर्णी

□

स्वतंत्रता संग्राम में आरएसएस की भूमिका

आरएसएस ने अपने लंबे सफर में देश के लिए जीने का काम किया है। उसने भारतीय समाज में एक राष्ट्रभक्त संगठन की छाप छोड़ी है। आजादी की लड़ाई में महत्त्वपूर्ण योगदान दिया है। आरएसएस के संस्थापक डॉ. हेडगेवार 'युगांतर' और 'अनुशीलन समिति' जैसे प्रमुख क्रांतिकारी संगठनों में डॉ. पांडुरंग खानखोजे, श्री अरविंद, वारींद्र कुमार घोष, त्रैलोक्यनाथ चक्रवर्ती आदि के सहयोगी रहे। रासबिहारी बोस और शचींद्र सान्याल द्वारा प्रथम विश्वयुद्ध के समय वर्ष 1915 में संपूर्ण भारत की सैनिक छावनियों में क्रांति की योजना में वे मध्यभारत के प्रमुख थे। उस समय स्वतंत्रता आंदोलन का मंच भारतीय राष्ट्रीय कांग्रेस थी, उसमें भी उन्होंने प्रमुख भूमिका निभाई। वर्ष 1921 और 1930 के सत्याग्रहों में भाग लेकर कारावास का दंड पाया।

वर्ष 1925 की विजयादशमी के दिन संघ स्थापना करते समय भी डॉ. हेडगेवारजी का उद्देश्य राष्ट्रीय स्वाधीनता ही था। संघ के स्वयंसेवकों को जो प्रतिज्ञा दिलाई जाती थी, उसमें राष्ट्र की स्वतंत्रता प्राप्ति के लिए तन, मन, धन से आजीवन प्रयत्नरत रहने का संकल्प होता था। संघ स्थापना के तुरंत बाद से ही स्वयंसेवक स्वतंत्रता संग्राम में अपनी भूमिका निभाने लगे थे।

क्रांतिकारी स्वयंसेवक : वर्ष 1926-27 में जब संघ नागपुर और आसपास तक ही पहुँचा था, उसी काल में प्रसिद्ध क्रांतिकारी राजगुरु नागपुर की भोंसले वेदशाला में पढ़ते समय स्वयंसेवक बने। इसी समय भगत सिंह ने भी नागपुर में डॉ. हेडगेवार से भेंट की थी। दिसंबर 1928 में ये क्रांतिकारी पुलिस अफसर सांडर्स का वध करके और लाला लाजपतराय की हत्या का बदला लेकर लाहौर से सुरक्षित आ गए थे। डॉ. हेडगेवार ने राजगुरु को भैयाजी दाणी (जो बाद में संघ के अ.भा. सरकार्यवाह बने) के फार्म हाउस में छिपने की व्यवस्था की थी। वर्ष 1928 में साइमन कमीशन के भारत आने पर पूरे देश में उसका बहिष्कार हुआ। नागपुर में हड़ताल और प्रदर्शन करने में संघ के स्वयंसेवक अग्रिम पंक्ति में थे।

वर्ष 1928 को आरएसएस के विजयदशमी उत्सव पर मध्य भारत की असेंबली के प्रथम अध्यक्ष और सरदार पटेल के बड़े भाई श्री विट्ठल भाई पटेल उपस्थित थे। अगले वर्ष 1929 में महामना मदनमोहन मालवीयजी ने उत्सव में उपस्थित होकर संघ को अपना आशीर्वाद दिया। स्वतंत्रता संग्राम की अनेक प्रमुख विभूतियों का स्नेह छात्र संघ को मिला हुआ था। 31 दिसंबर, 1929 को लाहौर में कांग्रेस ने पहली बार पूर्ण स्वाधीनता को लक्ष्य घोषित किया और 26 जनवरी, 1930 को देश भर में स्वतंत्रता दिवस के रूप में मनाने का निश्चय किया गया। डॉ. हेडगेवार ने दस वर्ष पूर्व 1920 के नागपुर में हुए कांग्रेस के अधिवेशन में पूर्ण स्वतंत्रता संबंधी प्रस्ताव रखा था, पर तब वह पारित नहीं हो सका था। वर्ष 1930 में कांग्रेस द्वारा यह लक्ष्य स्वीकार करने पर आनंदित हुए। हेडगेवारजी ने संघ की सभी शाखाओं को पत्र भेजकर रविवार 20 जनवरी, 1930 को सांध्य 6 बजे राष्ट्रध्वज

वंदन करने और स्वतंत्रता की कल्पना व आवश्यकता विषय पर व्याख्यान आयोजित कराने का निर्देश दिया था। इस आदेश के अनुसार संघ की सभी शाखाओं पर स्वतंत्रता दिवस मनाया गया।

सत्याग्रह : 6 अप्रैल, 1930 को दांडी में समुद्रतट पर गांधीजी ने नमक कानून तोड़ा और लगभग आठ वर्ष बाद कांग्रेस ने दूसरा जनांदोलन प्रारंभ किया। संघ का कार्य अभी मध्यभारत प्रांत में प्रभावी हो पाया था। डॉ. हेडगेवार संघ के सरसंघचालक का दायित्व डॉ. परांजपे को सौंप स्वयं अनेक स्वयंसेवकों के साथ सत्याग्रह करने गए। जुलाई 1930 में सत्याग्रह हेतु यवतमाल जाते समय पुसद नामक स्थान पर आयोजित जनसभा को संबोधित कर डॉ. हेडगेवार ने स्वतंत्रता संग्राम के संबंध में संघ का दृष्टिकोण स्पष्ट किया—"स्वतंत्रता के लिए अंग्रेजों के बूट की पॉलिश करने से लेकर उनके बूट को पैर से निकालकर उससे उनके ही सिर को लहूलुहान करने तक के सारे मार्ग मेरे स्वतंत्रता प्राप्ति के साधन हो सकते हैं। मैं तो इतना ही जानता हूँ कि देश को स्वतंत्र कराना है।" डॉ. हेडगेवार के साथ गए सत्याग्रह जत्थे में आप्पाजी जोशी (बाद में सरकार्यवाह), दादाराव परमार्थ (बाद में मद्रास में प्रथम प्रांत प्रचारक) आदि प्रमुख 12 स्वयंसेवक थे। उनको 9 मास का सश्रम कारावास दिया गया। उसके बाद अखिल भारतीय शारीरिक शिक्षण प्रमुख श्री मार्तंड राव जोग, नागपुर के जिला संघचालक श्री अप्पाजी हलदे आदि अनेक कार्यकर्ताओं और शाखाओं के स्वयंसेवकों के जत्थों ने भी सत्याग्रहियों की सुरक्षा के लिए 100 स्वयंसेवकों की टोली बनाई, जिसके सदस्य सत्याग्रह के समय उपस्थित रहते थे। आठ अगस्त को गढ़वाल दिवस पर धारा 144 तोड़कर जुलूस निकालने पर पुलिस की मार से

स्वतंत्रता के लिए अंग्रेजों के बूट की पॉलिश करने से लेकर उनके बूट को पैर से निकालकर उससे उनके ही सिर को लहूलुहान करने तक के सारे मार्ग मेरे स्वतंत्रता प्राप्ति के साधन हो सकते हैं। मैं तो इतना ही जानता हूँ कि देश को स्वतंत्र कराना है।

अनेक स्वयंसेवक घायल हुए। वर्ष 1931 के विजयादशमी को डॉ. हेडगेवार जेल में थे। उनकी अनुपस्थिति में गाँव-गाँव में संघ की शाखाओं पर एक संदेश पढ़ा गया, जिसमें कहा गया था—"देश की परतंत्रता नष्ट होकर जब तक सारा समाज बलशाली और आत्मनिर्भर नहीं होता, तब तक रे मना! तुझे निजी सुख की अभिलाषा का अधिकार नहीं।" जनवरी 1932 में क्रांतिकारी दल द्वारा सरकारी खजाना लूटने के लिए हुए बालाघाट कांड में क्रांतिकारी जतींद्र नाथ अपने साथियों सहित शहीद हुए और श्री बालाजी हुद्दार आदि कई क्रांतिकारी बंदी बनाए गए। श्री हुद्दार उस समय संघ के सरकार्यवाह थे।

भारत छोड़ो आंदोलन में संघ का योगदान : संघ के स्वयंसेवकों ने स्वतंत्रता प्राप्ति के लिए भारत छोड़ो आंदोलन में भी सक्रिय भूमिका निभाई। विदर्भ के अष्टी चिमूर क्षेत्र में समानांतर सरकार स्थापित कर दी। अमानुषिक अत्याचारों का सामना किया। उस क्षेत्र में एक दर्जन से अधिक स्वयंसेवकों ने अपना बलिदान किया। नागपुर के निकट रामटेक के तत्कालीन नगर कार्यवाह श्री रमाकांत केशव देशपांडे उपाख्य बालासाहब देशपांडे को आंदोलन में भाग लेने पर मृत्यु दंड सुनाया गया। आम माफी के समय मुक्त होकर उन्होंने 'वनवासी कल्याण आश्रम' की स्थापना की। देश के कोने-कोने में स्वयंसेवक जूझ रहे थे। मेरठ जिले में मवाना तहसील पर झंडा फहराते स्वयंसेवकों पर पुलिस ने गोलियाँ चलाईं, जिसमें कई स्वयंसेवक घायल हुए। आंदोलनकारियों

की सहायता और शरण देने का काम भी बहुत महत्त्व का था। जयप्रकाश नारायण और अरुणा आसफ अली अकसर दिल्ली के संघचालक लाला हंसराज गुप्त के यहाँ आश्रय पाते थे। प्रसिद्ध समाजवादी अच्युत पटवर्धन और साने गुरुजी ने पूना के संघचालक भाऊसाहब देशमुख के घर पर अपना केंद्र बनाया था। 'पतरी सरकार' गठित करने वाले प्रसिद्ध क्रांतिकर्मी नाना पाटिल को औंध (जिला सतारा) में संघचालक पं. सातवलेकरजी ने आश्रय दिया। 1942 में देश भर में स्वयंसेवकों के 11 प्रशिक्षण शिविरों का आयोजन कर अंग्रेजों के खिलाफ संघर्ष की रणनीति बनाई गई। पूना प्रशिक्षण शिविर में संघ प्रमुख श्रीगुरुजी ने कहा, "त्याग का सर्वोच्च प्रकार हुतात्मा (शहीद) होना है।" उन्होंने रामदास का दोहा सुनाया, जिसमें कहा, "हिंदुओं को धर्म के लिए प्राण न्योछावर कर देना चाहिए, पर उससे पूर्व अधिक-से-अधिक शत्रुओं को मार देना चाहिए।" इन शिविरों में स्वयसेवकों से कहा गया कि यहाँ सैनिक जीवन का अनुभव करने आए हैं। शीघ्र ही विदेशियों के साथ शक्ति परीक्षण होगा, इन शिविरों में लड़ाकू और प्रतिकार की शिक्षा दी गई।

□

संघ का देश के लिए योगदान

गांधीजी की रक्षा की

गांधीजी दिल्ली की भंगी कॉलोनी (आजकल वाल्मीकि बस्ती, मंदिर मार्ग) के वाल्मीकि मंदिर में रह रहे थे। निकट ही मुसलिम लीग का बड़ा अड्डा था। उस ओर से गांधीजी पर आक्रमण के संकेत मिल रहे थे। गांधीजी की रक्षा में कठिनाई थी। उनके सहयोगी श्री कृष्णा नायर (जो बाद में सांसद बने) दिल्ली के तत्कालीन प्रांत प्रचारक वसंतराव ओक के पास पहुँचे और उनसे आग्रह किया कि गांधीजी की रक्षा का दायित्व संघ सँभाले। संघ अधिकारियों द्वारा अपने स्वयंसेवक को यह कार्य सौंपा गया। उन्होंने रात-दिन गांधीजी की पहरेदारी की। हथियारबंद लीगी गुंडों की परवाह न करते हुए स्वयंसेवकों ने अपना कर्तव्य पालन किया। सतर्क तरुण स्वयंसेवकों की मोर्चाबंदी के चलते लीगी जमात की खतरनाक योजना धरी-की-धरी रह गई।

भारत विभाजन के समय हिंदुओं की रक्षा

भारत विभाजन के समय आरएसएस हिंदुओं का तारणहार बनकर सामने आया। इस महाविध्वंस में हिंदू समाज ने जो महाविनाश देखा, उसमें लगभग 20 लाख लोग काल-कवलित हुए और करीब दो करोड़ लोगों को अपनी जन्मभूमि छोड़नी पड़ी। इस दौरान स्वयंसेवक पाकिस्तान में हिंदुओं पर बरसाए जा रहे कहर के खिलाफ खड़े हुए और लाखों हिंदुओं को बचाकर भारत लाए। स्वयंसेवकों ने हिंदुओं के प्राण और सम्मान की रक्षा करने और

उन्हें सुरक्षित पूर्व पंजाब में लाने में जिस शौर्य, त्याग और बलिदान का आदर्श उपस्थित किया, वह संघ के इतिहास का एक स्वर्णिम अध्याय है। स्वयंसेवकों द्वारा किए गए इस कार्य की प्रशंसा स्वयं सरदार पटेल ने इन शब्दों में की—"इस बात से इनकार नहीं किया जा सकता कि संघ के बहादुर जवानों ने असंख्य निर्दोष स्त्री और बच्चों की रक्षा की। दूर-दूर के क्षेत्रों से उन्हें बचाकर ले लाए।" 'गुरुजी गोलवलकर ऐंड आरएसएस' नामक पुस्तक में ब्राइट लिखते हैं—"संघ ने उन दिनों रेडक्रॉस की भूमिका निभाई।" सचमुच आजादी के पूर्व व बाद में हुए दंगों में उन्माद के शिकार निर्दोष लोगों को बचाकर लाने में संघ ने अत्यंत उपयोगी भूमिका निभाई थी।

मुसलमानों के प्रति घृणा फैलाने या उनके कत्ले आम करने का संघ पर लागाया जा रहा आरोप पूरी तरह निराधार व गलत है। मुसलमानों को चाहिए कि वे संघ से पारस्परिक प्रेम, सहकार तथा संगठन के गुणों की शिक्षा लें।

कांग्रेस की नेहरू समर्थक मुसलिम लॉबी संघ का विरोध कर रही थी। इस पर डॉ. जाकिर हुसैन ने स्पष्ट शब्दों ने कहा, "मुसलमानों के प्रति घृणा फैलाने या उनके कत्ले आम करने का संघ पर लागाया जा रहा आरोप पूरी तरह निराधार व गलत है। मुसलमानों को चाहिए कि वे संघ से पारस्परिक प्रेम, सहकार तथा संगठन के गुणों की शिक्षा लें।" इस भीषण अत्याचार के दौरान श्रीगुरुजी गोलवलकर ने निराश्रित बांधवों की सहायता का आदेश दिया। पंजाब के प्रांत संघचालक रायबहादुर बद्रीदास की अध्यक्षता में 'पंजाब सहायता समिति' का निर्माण किया गया। डॉ. गोकुल चंद नारंग समिति के कोषाध्यक्ष थे और समिति का कार्यालय लाहौर में था, इसी प्रकार देश के पूर्वी भाग में पूर्वी पाकिस्तान से विस्थापित होकर आ रहे हिंदुओं के लिए 'वास्तु हारा समिति' के नाम से सहायता कार्य प्रारंभ किया।

दिल्ली के कांग्रेसियों और नेहरू की स्वयंसेवकों ने की रक्षा : नव स्वतंत्र भारत को संकट में डालने के लिए मुसलिम लीग ने षड्यंत्र

रचा था। दिल्ली में हथियार और विस्फोटक एकत्र किए थे। उस संकट काल में अपनी जान जोखिम में डालकर स्वयंसेवक ने उस षड्यंत्र का भंडाफोड़ किया। सितंबर 1946 में कांग्रेस और मुसलिम लीग की मिली-जुली सरकार का केंद्रीय असेंबली में अधिवेशन प्रारंभ हुआ। तब लीगी गुंडों ने विरोध प्रदर्शन और पथराव कर कांग्रेसी नेताओं को अपमानित किया। अपनी योजना को सफल होते देख अगले दिन और अधिक संख्या में लीगी एकत्र हुए। तब दिल्ली में कांग्रेसी नेता देशबंधु गुप्त ने संघ कार्यालय जाकर संघ के अधिकारियों से सहायता माँगी। संघ ने इस चुनौती को स्वीकार किया। सैकड़ों स्वयंसेवक आनन-फानन में तैयार होकर असेंबली पहुँचे। पराक्रमी स्वयंसेवकों की टोलियों को आता देखकर तब लीगी गुंडे भाग खड़े हुए और उसके बाद दोबारा असंबेली की ओर आँख उठाकर देखने की हिम्मत नहीं की।

वर्ष 1946 में नेहरूजी हैदराबाद (सिंध) गए, जहाँ उनकी एक आमसभा आयोजित की गई थी। आशंका थी कि अन्य स्थानों की तरह यहाँ भी लीगी गुंडे पंडितजी की सभा को बाधित कर सकते हैं, तब तक कांग्रेस ने विभाजन स्वीकार नहीं किया था। सिंध में संघ एक बड़ी शक्ति बन चुका था। कांग्रेसियों ने उसकी शरण ली। प्रमुख कांग्रेसी नेता डॉ. चिमनदास तथा बाबा किशनचंद ने संघ के अधिकारियों से मिलकर सहायता माँगी। संघ ने नेहरू और कांग्रेस, दोनों को सुरक्षा प्रदान की।

कश्मीर के विलय में भूमिका

कश्मीर के महाराजा हरि सिंह विलय का फैसला नहीं कर पा रहे थे और उधर कबाइलियों के वेश में पाकिस्तानी सेना हमारे देश की सीमा में घुसती जा रही थी। केंद्र की नेहरू सरकार असहाय दिख रही थी। उस समय के भारत सरकार के गृह मंत्री सरकार वल्लभ भाई पटेल ने आरएसएस प्रमुख गुरु गोलवलकर से मदद माँगी। गुरुजी नागपुर से दिल्ली पहुँचे, फिर सरदार पटेल से भेंट कर 17 अक्तूबर, 1947 को श्री गोलवलकर ने तत्कालीन प्रांत

प्रचारक (बाद में सरकार्यवाह बने) माधवराव मुले के साथ राजा हरि सिंह से भेंट की। उस समय वहाँ युवराज कर्ण सिंह तथा रियासत के दीवान श्री मेहरचंद महाजन भी उपस्थित थे, इसके बाद हरि सिंह ने कश्मीर के भारत में विलय-पत्र का प्रस्ताव दिल्ली भेज दिया।

हैदराबाद विलय में योगदान

वर्तमान आंध्र, तेलंगाना, कर्नाटक और महाराष्ट्र का कुछ क्षेत्र मिलकर तत्कालीन हैदराबाद रियासत (85 प्रतिशत हिंदू जनसंख्या) पर घोर कट्टर मुसलिम मानसिकता वाला निजाम शासन कर रहा था। निजाम की कार्यकारी परिषद् के सदस्य जे.वी. जोशी ने उस काल का वर्णन किया है—"परभाणी और नांदेड जिलों पर आतंक छाया हुआ है। मैंने अपनी आँखों से विनाशलीला देखी है। मैं रो पड़ा यह देखकर कि हिंदुओं की हत्या कर उनकी आँखें निकाल ली गईं, महिलाओं से बलात्कार किया गया। भारी संख्या में घरों को जलाकर राख कर दिया गया।" इस समस्या के समाधान के लिए तत्कालीन मुख्यमंत्री रविशंकर शुक्ल और गृहमंत्री द्वारिका प्रसाद मिश्र सरदार पटेल की प्रेरणा से सक्रिय हुए। उन्होंने भयग्रस्त हिंदुओं की रक्षा हेतु बरार के प्रांत संघचालक बापू साहब सोहणी से सहयोग की अपेक्षा की। संघ, आर्य समाज आदि हिंदू संगठनों की सक्रियता के कारण निजाम और उसके लोग हिंदुओं का पलायन नहीं करा सके; अंत में सरदार पटेल की योजनानुसार 13 सितंबर, 1948 को भारतीय सेना ने हैदराबाद में प्रवेश किया। रजाकारों से हुए संघर्ष में 109 भारतीय सैनिकों को वीरगति प्राप्त हुई और 1200 रजाकार भारतीय सेना द्वारा मारे गए। हिंदू समाज के सक्रिय सहयोग से मात्र 48 घंटों में 14 सितंबर, 1948 को हैदराबाद का भारत में पूरी तरह विलय हो गया।

दादर, नगर हवेली और गोवा का मुक्ति अभियान

दादर, नगर हवेली और गोवा के भारत विलय में संघ की निर्णायक भूमिका थी। 12 अगस्त, 1954 को संघचालक विनायक राव आपटे के नेतृत्व में लगभग एक हजार स्वयंसेवकों के दल ने दादर, नगर हवेली पर धावा बोल दिया। गुरिल्ला पद्धति से छापे मारे गए। पुर्तगालियों को छकाते हुए स्वयंसेवक राजधानी सिलवासा पहुँच गए। बिजली की गति से पुलिस मुख्यालय पर आक्रमण कर दिया। वहाँ उपस्थित 175 सशस्त्र पुर्तगाली सैनिकों ने खुद को घिरा देखकर बिना शर्त समर्पण कर दिया। हथियार बंद सैनिकों पर दंडधारी स्वयंसेवकों की विजय हुई। संघ के स्वयंसेवकों ने 2 अगस्त, 1954 की सुबह पुर्तगाल का झंडा उतारकर भारत का तिरंगा फहरा दिया। पूरा दादर, नगर हवेली पुर्तगालियों के कब्जे से मुक्त करा भारत सरकार को सौंप दिया गया। 2 अगस्त, 1979 को सिलवासा के नागरिकों द्वारा मुक्ति की रजत जयंती के अवसर पर स्वयंसेवकों का सम्मान स्वतंत्रता संग्राम सेनानी के रूप में किया गया।

संघ के स्वयंसेवक वर्ष 1955 से गोवा मुक्ति संग्राम में प्रभावी रूप से शामिल हो चुके थे। गोवा में सशस्त्र हस्तक्षेप करने से नेहरू के इनकार करने पर जगन्नाथ राव जोशी के नेतृत्व में संघ के कार्यकर्ताओं ने गोवा पहुँचकर आंदोलन शुरू किया, जिसका परिणाम जगन्नाथ राव जोशी सहित संघ के कार्यकर्ताओं को दस वर्ष की सजा सुनाए जाने के रूप में सामने आया, हालात बिगड़ने पर अंततः भारत को सैनिक हस्तक्षेप करना पड़ा और वर्ष 1961 में गोवा आजाद हुआ।

वर्ष 1962 के चीनी युद्ध में सहयोग और गणतंत्र दिवस परेड में आमंत्रण

वर्ष 1962 जब चीन के साथ भारत का युद्ध छिड़ गया तो सेना की मदद के लिए देश भर से संघ के स्वयंसेवक जिस उत्साह से सीमा पर पहुँचे, उसके लिए पूरे देश में संघ की जय-जयकार हुई। स्वयंसेवकों ने सरकारी कार्यों और विशेष रूप से जवानों में ताकत झोंक दी। सैनिकों के मार्गों की

चौकसी, प्रशासन की मदद, रसद और अन्य सामानों की आपूर्ति की मदद में स्वयंसेवकों ने अपूर्व योगदान दिया। शहीदों के परिवारों के सहयोग में भी स्वयंसेवक खड़े रहे। संघ की इस भूमिका को उस समय के प्रधानमंत्री पं. जवाहर लाल नेहरू ने भी सराहा। यही नहीं, उन्होंने वर्ष 1963 में 26 जनवरी की परेड में संघ को शामिल होने का निमंत्रण दिया। मात्र दो दिन पहले मिले निमंत्रण पर 3500 स्वयंसेवकों ने गणवेश में उपस्थित हो गणतंत्र दिवस समारोह की शोभा बढ़ा दी थी। संघ के हजारों गणवेशधारी स्वयंसेवकों का घोष की ताल पर कदम-से-कदम मिलाकर चलना उस दिन के कार्यक्रम का एक प्रमुख आकर्षण था। जब गणतंत्र दिवस में शामिल होने के लिए स्वयंसेवकों के निमंत्रण देने के नेहरू के फैसले की आलोचना होने लगी तो प्रधानमंत्री ने जवाब दिया था—"यह दरशाने के लिए कि केवल लाठी के बल पर भी सफलतापूर्वक बम और चीनी सशस्त्र बलों से लड़ा जा सकता है, विशेष रूप से गणतंत्र दिवस परेड में भाग लेने के लिए आरएसएस को आकस्मिक आमंत्रण दिया गया।"

1965 के भारत-पाक युद्ध में कानून व्यवस्था सँभाली

पाकिस्तान से युद्ध के समय प्रधानमंत्री लालबहादुर शास्त्री ने संघ से सहायता ली थी। प्रधानमंत्री ने कानून व्यवस्था की स्थिति सँभालने में मदद देने और दिल्ली का यातायात नियंत्रण अपने हाथ में लेने का आग्रह संघ से किया, ताकि इन कार्यों से मुक्त किए गए पुलिसकर्मियों को सेना की मदद में लगाया जा सके। युद्ध में घायल जवानों के लिए सबसे पहले रक्तदान करने वाले भी संघ के स्वयंसेवक ही थे। युद्ध के दौरान कश्मीर की हवाई पट्टियों से बर्फ हटाने का काम भी स्वयंसेवकों ने किया था।

आपातकाल का विरोध

वर्ष 1975 से 1977 के बीच आपातकाल के खिलाफ संघर्ष और जनता पार्टी के गठन तक में संघ की भूमिका भुलाई नहीं जा सकती है। सत्याग्रह

में हजारों स्वयंसेवकों की गिरफ्तारी के बाद संघ के कार्यकर्ताओं ने भूमिगत रहकर आंदोलन चलाया था। तत्कालीन प्रधानमंत्री इंदिरा गांधी इस आंदोलन को कुचलने में जुट गईं। अखिल भारतीय विद्यार्थी परिषद्, भारतीय जनसंघ आदि संगठनों के कार्यकर्ताओं की आपातकाल के खिलाफ चल रहे जयप्रकाश नारायण के आंदोलन में प्रमुख भूमिका थी। 'लोक संघर्ष समिति' के महामंत्री नानाजी देशमुख और राष्ट्रीय स्वयंसेवक संघ के सरकार्यवाह माधवराव मुले का सर्वमान्य नेतृत्व था। संघ के स्वयंसेवक भी हजारों की संख्या में सक्रिय थे। संघ आपातकाल के दमन का सर्वाधिक शिकार बना। राष्ट्रीय स्वयंसेवक संघ पर प्रतिबंध लगा दिया गया। सरसंघचालक श्री बालासाहब देवरस सहित सैकड़ों प्रमुख कार्यकर्ता बंदी बना लिए गए। करीब 200 पूर्णकालिक प्रचारक गिरफ्तार हुए थे। आपातकाल में संघ के योगदानों को रेखांकित करते हुए—'दी इंडियन रिव्यू' के संपादक एम.सी. सुब्रह्मण्यम ने लिखा—"जिन लोगों ने आपातकाल के दौरान संघर्ष को वीरतापूर्वक जारी रखा, उसमें राष्ट्रीय स्वयंसेवक संघ के लोगों का विशेष उल्लेख करना आवश्यक है। सत्याग्रह का सफल संचालन करके संपूर्ण देश में संपर्क सूत्र कायम रखकर आंदोलन के लिए धन की व्यवस्था कर तथा बिना भेदभाव के सभी बंदियों तथा उनके परिवारों को सहायता जारी रखकर उन्होंने सिद्ध कर दिया कि सचमुच

में स्वामी विवेकानंद ने देश के समाजिक और राजनीतिक कार्य के लिए संन्यासियों की जिस सेना की कल्पना की थी, उसके वे निकटतम उत्तर हैं। उन्होंने अपने व्यवहार से न केवल अपने राजनीतिक सहयोगी कार्यकर्ताओं की प्रशंसा प्राप्त की है, वरन् कभी जो उनके राजनीतिक विरोधी थे, उनमें भी आदर प्राप्त किया है।"

लोकतांत्रिक शक्तियों का एकीकरण : जब आपातकाल खत्म हुआ और जनवरी 1977 में प्रधानमंत्री इंदिरा गांधी ने चुनाव की घोषणा की तो संघ ने लोकतंत्र की रक्षा के लिए लोकतांत्रिक शक्तियों को एक एकजुट करने में अहम भूमिका निभाई। दत्तोपंत ठेंगडी और प्रो. राजेंद्र सिंह (रज्जू भैया) की पहल पर देश के चार बड़े राजनीतिक दल एकजुट हो एक दल 'जनता पार्टी' के रूप में चुनाव लड़ने को तैयार हो सके। चुनाव में इंदिरा गांधी की हार हुई और जनता पार्टी की सरकार बनी, पूरे आपातकाल में आरएसएस के योगदान, त्याग और बलिदान की पूरी दुनिया में प्रशंसा हुई। आपातकाल के दौरान जेल में बंद हुए नेता रिहा होने के बाद सांसद् और मंत्री बनने की होड़ में लगे थे, परंतु 22 मार्च, 1977 को संघ से प्रतिबंध हटते ही स्वयंसेवक लाभ लेने के रास्ते से अलग सीधे अपने-अपने संघ स्थान पर शाखा में पहुँच गए। सरसंघचालक श्री बालासाहब देवरस ने इसका उल्लेख करते हुए कहा, "जब मैं शाम को बंबई पहुँचा, तब मुझे पता लगा कि आज बंबई में शाखा लगी, प्रार्थना हुई, लोगों को बड़ा आश्चर्य हुआ। बीस माह तक इनको दबाया, जेल में तमाम तरह के अत्याचार

जब आपातकाल खत्म हुआ और जनवरी 1977 में प्रधानमंत्री इंदिरा गांधी ने चुनाव की घोषणा की तो संघ ने लोकतंत्र की रक्षा के लिए लोकतांत्रिक शक्तियों को एक एकजुट करने में अहम भूमिका निभाई। दत्तोपंत ठेंगडी और प्रो. राजेंद्र सिंह (रज्जू भैया) की पहल पर देश के चार बड़े राजनीतिक दल एकजुट हो एक दल 'जनता पार्टी' के रूप में चुनाव लड़ने को तैयार हो सके।

किए, लेकिन ये अजब ही लोग हैं। दोपहर को प्रतिबंध हटता है और शाम को उनकी शाखाएँ भी लगती हैं। दरअसल, स्वयंसेवकों की प्रेरणा सत्ता नहीं थी। लोकतंत्र पर आया संकट हटते ही वे फिर अपनी शाखा पर पहुँच गए, लेकिन उनकी तो प्रेरणा है—'तेरा वैभव अमर रहे माँ, हम दिन चार रहे न रहें।'

एक नजर में आपातकाल में आरएसएस का योगदान

सत्याग्रह कर जेल गए	1,63,900 (80 प्रतिशत स्वयंसेवक)
बंदी बनाए गए	44,965 (35,310 स्वयंसवेक)
मीसा बंदी	23,015 (16,383 स्वयंसेवक)
जीवन बलिदान	107 (63 स्वयंसेवक)
यातनाओं के शिकार	9,500 (अधिकांश स्वयंसेवक)

□

महात्मा गांधी और राष्ट्रीय स्वयंसेवक संघ

महात्मा गांधी की हत्या की साजिश रचने के आरोप में संघ पर प्रतिबंध लगाया गया था, मगर संघ और गांधी के रिश्तों को समझने के लिए कुछ प्रसंगों का उल्लेख समीचीन होगा। वर्ष 1934 के दिसंबर महीने में जमनालाल बजाज ने महात्मा गांधी को वर्धा आमंत्रित किया था। गांधी जिस दोमंजिला घर में ठहरे थे, उसके ठीक सामने एक विशाल मैदान था, जो जमनालाल बजाज के स्वामित्व में ही था। उन दिनों उस मैदान पर आरएसएस का शीतकालीन शिविर चल रहा था, जिसमें करीब पंद्रह सौ स्वयंसेवक भाग ले रहे थे, लगभग एक सप्ताह तक महात्मा गांधी ने अपने कमरे से इन स्वयंसेवकों को अथक शारीरिक श्रम करते हुए देखा। उन्होंने देखा कि किस तरह अनुशासित तरीके से इन स्वयंसेवकों ने पूरे मैदान को

साफ किया और तंबू लगाते हुए, उसे एक विशाल और सुव्यवस्थित शिविर का रूप दे दिया। यह सब देखकर महात्मा गांधी को इस शिविर को निकट से देखने की इच्छा उत्पन्न हुई। उन्होंने महादेव देसाई (स्वतंत्रता सेनानी) से इसकी व्यवस्था करने को कहा। महादेव देसाई ने संघ प्रमुख डॉ. हेडगेवार के सहयोगी अप्पाजी जोशी से संपर्क किया और अप्पाजी जोशी ने तुरंत ही महात्मा गांधी को इस शिविर में आमंत्रित कर लिया। इस घटना का जिक्र आरएसएस के मुखपत्र 'पाञ्चजन्य' के पूर्व संपादक देवेंद्र स्वरूप ने अपने एक लेख में किया है।

अगले दिन यानी 25 दिसंबर, 1934 को सुबह 6 बजे महात्मा गांधी आरएसएस के शिविर में पहुँच गए। उन्होंने सबसे पहले रसोईघर का मुआयना किया और वहाँ बनने वाले भोजन तथा उसकी लागत के बारे में पूछा। बकौल स्वरूप, आरएसएस के उस शिविर में दो बातों ने महात्मा गांधी को खासकर प्रभावित किया था। पहली यह कि शिविर में गणवेश, भोजन और ठहरने का सारा प्रबंध तथा खर्च स्वयंसेवकों ने खुद ही वहन किया था और दूसरी बात यह कि अस्पृश्यता तो दूर की बात, स्वयंसेवकों को आपस में एक-दूसरे की जाति मालूम तक नहीं थी। उस दिन डॉ. हेडगेवार वहाँ उपस्थित नहीं थे, लेकिन अगले दिन वे स्वयं महात्मा गांधी से मिलने गए। करीब 13 साल बाद आरएसएस के स्वयंसेवकों को संबोधित करते हुए महात्मा गांधी ने स्वयं इस बात का जिक्र किया था।

उन्होंने आरएसएस को नए सिरे से देखने, समझने और उसके स्वयंसेवकों से संवाद करने के लिए 13 साल बाद एक बार फिर 16 सितंबर, 1947 को स्वयंसेवकों की एक सभा में गए थे। गांधी उस दौरान दिल्ली की भंगी बस्ती में रह रहे थे और आरएसएस का कार्यक्रम भी संयोग से वहीं आयोजित किया गया था। अपने संबोधन में महात्मा गांधी ने स्वयंसेवकों को कुछ गहरे संदेश देने की भी कोशिश की थी। यहाँ महात्मा गांधी ने कहा था—"बरसों पहले मैं वर्धा में राष्ट्रीय स्वयंसेवक संघ के एक शिविर में गया था। उस समय इसके संस्थापक हेडगेवार जीवित थे। स्वर्गीय श्री जमनालाल

बजाज मुझे शिविर में ले गए थे और वहाँ मैं उन लोगों का कड़ा अनुशासन, सादगी और छुआछूत की पूर्ण समाप्ति देखकर अत्यंत प्रभावित हुआ था। तब से संघ काफी बढ़ गया है। मैं तो हमेशा से यह मानता आया हूँ कि जो भी संस्था सेवा और आत्मत्याग के आदर्श से प्रेरित है, उसकी ताकत बढ़ती ही है, लेकिन सच्चे रूप में उपयोगी होने के लिए त्यागभाव के साथ ध्येय की पवित्रता और सच्चे ज्ञान का संयोजन आवश्यक है। ऐसा त्याग, जिसमें इन दो चीजों का अभाव हो, समाज के लिए अनर्थकारी सिद्ध हुआ है।"

महात्मा गांधी ने आगे कहा, "कुछ दिन पहले ही आपके गुरुजी (एम.एस. गोलवलकर) से मेरी मुलाकात हुई थी। मैंने उन्हें बताया था कि कलकत्ता और दिल्ली में संघ के बारे में क्या-क्या शिकायतें मेरे पास आई थीं। गुरुजी ने मुझे आश्वासन दिया कि यद्यपि वे संघ के प्रत्येक सदस्य के उचित आचरण की जिम्मेदारी नहीं ले सकते, फिर भी संघ की नीति हिंदुओं और हिंदू धर्म की सेवा करना मात्र है और वह भी किसी दूसरे को नुकसान पहुँचाकर नहीं। संघ आक्रमण में विश्वास नहीं रखता। अहिंसा में उसका विश्वास नहीं है। वह आत्म-रक्षा का कौशल सिखाता है। प्रतिशोध लेना उसने कभी नहीं सिखाया।" 16 सितंबर वाली आरएसएस की सभा में गांधीजी ने फिर से हिंदू धर्म पर अपना वह विचार दोहराते हुए कहा था—"मुझसे कहा जाता है कि आप मुसलमानों के दोस्त हैं और हिंदुओं तथा सिखों के दुश्मन। यह सत्य है कि मैं मुसलमानों का दोस्त हूँ, जैसा कि मैं पारसियों और अन्य लोगों का हूँ, ऐसा तो मैं बारह वर्ष की उम्र से ही हूँ, लेकिन जो मुझे हिंदुओं और सिखों का दुश्मन कहते हैं, वे मुझे पहचानते नहीं। मैं किसी का भी दुश्मन नहीं हो सकता, हिंदुओं और सिखों का तो बिल्कुल ही नहीं।" इस भाषण के बाद गांधीजी ने आरएसएस के स्वयंसेवकों से सवाल पूछने को कहा। एक स्वयंसेवक ने पूछा कि हिंदू धर्म में पापी को मारने की इजाजत है या नहीं? यदि नहीं तो गीता के दूसरे अध्याय में भगवान् कृष्ण कौरवों का नाश करने के लिए जो उपदेश देते हैं, उसकी व्याख्या आप किस तरह करेंगे? पहले प्रश्न के उत्तर में गांधीजी ने कहा, "इजाजत है भी और नहीं

भी है, किसी को मारने का प्रश्न उठे, उससे पहले हमें अचूक तौर पर यह फैसला करना होगा कि पापी है कौन? दूसरे शब्दों में हमें पहले अपने आप को बिल्कुल दोषरहित बनाना होगा, तभी हमें यह फैसला करने का अधिकार प्राप्त होगा। जो खुद पापी है, वह दूसरे पापी को सजा देने या उसके बारे में निर्णय करने का अधिकारी कैसे बन सकता है?" उन्होंने आगे कहा, "जहाँ तक दूसरे प्रश्न का संबंध है, पापी को सजा देने के अधिकार की जो बात गीता में कही गई है, उसका प्रयोग तो केवल सही तरीके से गठित सरकार ही कर सकती है। अगर आप खुद ही फैसला करें और खुद ही सजा देने लगें तो सरदार पटेल और पंडित नेहरू, दोनों विवश हो जाएँगे, दोनों देश के माने हुए सेवक हैं, उन्हें अपनी सेवा करने का अवसर दीजिए। कानून को अपने हाथ में लेकर आप उनके प्रयत्नों में बाधा न डालें।"

15 नवंबर, 1947 को अखिल भारतीय कांग्रेस कमिटी की बैठक में गांधीजी ने इसी बात को दोहराते हुए कहा था—"मैं राष्ट्रीय स्वयंसेवक संघ के बारे में बहुत सी बातें सुनता हूँ, मैंने ऐसा भी सुना है कि इस सारी शरारत के पीछे संघ है। हमें भूलना नहीं चाहिए कि लोकमत में हजारों तलवारों से भी ज्यादा प्रबल शक्ति है। हिंदू धर्म की रक्षा रक्तपात और हत्याओं से नहीं हो सकती। अब आप स्वतंत्र हैं। आपको यह आजादी कायम रखनी है, ऐसा आप तभी कर सकते हैं, जब आपमें इनसानियत हो, आप बहादुर हों और सदा जागरूक रहें। वरना एक दिन आएगा, जब आप अपनी उस गलती पर पछताएँगे, जिसके कारण यह सुंदर पुरस्कार आपके हाथ से निकल जाएगा। मैं आशा करता हूँ कि ऐसा दिन कभी नहीं आएगा।" ठीक अगले दिन 16 नवंबर, 1947 की प्रार्थना सभा में गांधीजी ने कहा, "हिंदू महासभा और राष्ट्रीय स्वयंसेवक संघ के बारे में मुझे जो कहना पड़ा है, उसका मुझे दुःख है। मुझे अपनी गलती जानकर खुशी होगी। मैं राष्ट्रीय स्वयंसेवक संघ के मुखिया से मिला हूँ, मैं संघ की बैठक में शामिल हुआ था, तबसे मुझे उसकी बैठक में जाने के लिए डाँटा जाता रहा है और मेरे पास राष्ट्रीय स्वयंसेवक संघ के बारे में शिकायतों के कई खत आए हैं।"

सांप्रदायिक दंगों को रोकने और शांति कायम करने के लिए 13 जनवरी, 1948 को महात्मा गांधी ने उपवास की घोषणा कर दी थी। छह दिन बीतते-बीतते उनके पेट में तेज दर्द होना शुरू हो गया। 18 जनवरी को देश के विभिन्न संगठनों, जिनमें हिंदू, मुसलमान और सिखों के संगठन भी शामिल थे, के सौ से अधिक प्रतिनिधियों ने गांधीजी की सभी सातों शर्तों को मानते हुए सांप्रदायिक सौहार्द स्थापित करने वाले एक घोषणा-पत्र पर हस्ताक्षर किया, इनमें राष्ट्रीय स्वयंसेवक संघ के प्रतिनिधि भी शामिल थे। बिस्तर पर लेटे-लेटे ही माइक के जरिए अपने संदेश में गांधीजी ने कहा, "मेरी प्रतिज्ञा पूरी होने में जितना समय लगने की आशा थी, वह दिल्ली के नागरिकों, जिनमें हिंदू महासभा और राष्ट्रीय स्वयंसेवक संघ के नेता भी सम्मिलित हैं, की सद्भावना के कारण उससे पहले ही पूरी हो गई।"

□

आरएसएस और नारी शक्ति

आज दुनिया भर में महिलाएँ अपने हक–अधिकार और बराबरी के लिए संघर्ष कर रहीं हैं, कहीं हिजाब को लेकर तो कहीं स्वतंत्रता, सम्मान और अपमान के मुद्दों को लेकर देश से लेकर विदेशों तक महिलाएँ लड़ाई लड़ रही हैं, ऐसे में राष्ट्रीय स्वयंसेवक संघ ने अपने स्थापना दिवस (विजयादशमी, 5 अक्तूबर, 2022) के मौके पर विख्यात पर्वतारोही संतोष यादव को जब विशेष अतिथि बनाया तो उसका पैगाम पूरी दुनिया में गया। आरएसएस में महिलाओं की कमतर भूमिका पर सवाल उठाने वालों की बोलती बंद हो गई, कहना नहीं होगा कि संघ सदा से नारी शक्ति का सम्मान करता रहा है, मगर आज के समय में जब पूरी दुनिया में महिलाएँ अपने अधिकारों के लिए आवाज उठा रही हैं, अपने हक हनन के खिलाफ आगे आ रहीं हैं, अत्याचार

और उत्पीड़न के खिलाफ गोलबंद हो रही हैं, वैसे माहौल में आरएसएस और इसके सरसंघचालक डॉ. मोहनजी भागवत ने संतोष यादव के रूप में पहली बार किसी नारी शक्ति को 'दशहरा उत्सव और शस्त्र पूजन' के मौके पर मुख्य अतिथि बनाकर नारी शक्तीकरण की आवाज बुलंद की और नारी स्वतंत्रता और सम्मान की दिशा में देश-दुनिया को नई राह दिखाने का काम किया। संतोष दो-दो बार माउंट एवरेस्ट फतेह करने वाली दुनिया की एकमात्र महिला हैं, वे पद्मश्री से सम्मानित हैं और उनका नाम 'गिनीज बुक ऑफ वर्ल्ड रिकॉर्ड' में दर्ज है।

सबसे अहम यह है कि वर्ष 2022 के स्थापना दिवस के मौके पर संघ प्रमुख मोहन भागवत ने अपने क्रांतिकारी उद्बोधन में महिला अधिकार और स्वतंत्रता की जैसी वकालत की, उसके संदेश बड़े दूर तक गए, उनकी बातें और उनका संकल्प सम्मानजनक हिस्सेदारी के लिए संघर्ष कर रही दुनिया भर की महिलाओं को मजबूती प्रदान करने वाले साबित होंगे। इस मौके पर मोहन भागवतजी ने कहा, "जो सारे काम पुरुष करते हैं, वह महिलाएँ भी कर सकती हैं, लेकिन जो काम महिलाएँ कर सकती हैं, वे सभी काम पुरुष नहीं कर सकते। महिलाओं को बराबरी का अधिकार, काम करने की आजादी और फैसलों में भागीदारी देना जरूरी है। हम इस बदलाव को अपने परिवार से ही शुरू कर रहे हैं, इसे हम अपने संगठन के जरिए समाज में ले जाएँगे, जबतक महिलाओं की बराबरी की भागीदारी निश्चित नहीं की जाएगी, तब तक देश की जिस तरक्की को हासिल करने की हम कोशिश कर रहे हैं, उसे हासिल नहीं किया जा सकता।" उन्होंने कहा कि संघ ने पर्वतारोही संतोष यादव को अपने कार्यक्रम में चीफ गेस्ट बनाया है, कुछ हासिल करने वाली महिलाओं की उपस्थिति सुशिक्षित समाज का हिस्सा रही है।

डॉ. हेडगेवार के समय से ही यह संघ के कामों में प्रेरणा का जरिया रहा है। मोहन भागवत ने स्पष्ट रूप से कहा कि अगर किसी समाज को व्यवस्थित रहना है तो मातृशक्ति को नजरअंदाज नहीं किया जा सकता है। महिलाओं को मजबूत करने की आवश्यकता है। हम उन्हें माँ कहते हैं, हम उन्हें 'जगज्जननी' मानते

हैं, जब हम ऐसी चीजें मानते हैं तो यह समझ में नहीं आता कि ऐसा क्या डर है, जो हम उनकी गतिविधियों को सीमित कर देते हैं। हमने महिलाओं को कभी आजाद नहीं किया। उन्हें प्रार्थना गृह में ही कैद रखना अच्छा नहीं है। हम उन्हें पूजाघरों में बाँधे रखते हैं या फिर घरों में बंद रखकर उन्हें सेकेंड क्लास बताते रहें हैं। इससे अलग हटकर हमें उन्हें घर और समाज में बराबरी का अधिकार देना होगा और फैसले लेने में आजादी देनी होगी। इस मौके पर पर्वतारोही संतोष यादव ने कहा कि आज किस्मत मुझे आरएसएस के इस सर्वोच्च मंच पर लेकर आई है। उन्होंने कहा कि पूरे भारत ही नहीं, पूरे विश्व के मानव समाज को मैं अनुरोध करना चाहती हूँ कि वे आएँ और संघ के कार्यकलापों को देखें। यह शोभनीय है एवं प्रेरित करने वाला है। संतोष यादव ने कहा कि भारत की भूमि पर जनमी हमारी सनातन संस्कृति की सुरक्षा, सम्मान और प्रसार के लिए संघ के एक-एक प्रचारक, पूरे सेवा भाव और बहुत मेहनत से लगे हुए हैं। स्वयंसेवक सनातन संस्कृति के मूलमंत्र को पकड़े हुए हैं। जे.एन.यू. के एक कार्यक्रम में छात्रा के पूछे गए सवाल की चर्चा करते हुए संतोष यादव ने सब लोगों से रामायण और गीता पढ़ने की अपील की और कहा कि ये ग्रंथ सनातन संस्कृति सृजन की प्रेरणा देते हैं।

इसके अलावा पहले भी नामचीन महिलाएँ संघ के कार्यक्रमों में मुख्य अतिथि बनती रही हैं। समारोह में संतोष यादव के नाम का उल्लेख करते हुए संघ प्रमुख मोहनजी भागवत ने बताया था कि शुरुआत में अनुसियाबाई काले हमारे कार्यक्रम में मौजूद रही थीं। तब की इंडियन वुमंस कॉन्फ्रेंस की चीफ राजकुमारी अमृत कौर भी हमारे शिविर का हिस्सा बनी थीं। दिसंबर 1934 में भी मुख्य अतिथि महिला थीं और यह तब से ही चला आ रहा है। इमरजेंसी के बाद अकोला में हुए संघ के कार्यक्रम में भी महिला मुख्य अतिथि थीं। उस विजयादशमी कार्यक्रम में औरंगाबाद की कुमुदताई रांगेनकर मुख्य अतिथि थीं।

यहाँ बता दें कि दशहरा के मौके पर स्थापना दिवस समारोह संघ का सबसे बड़ा आयोजन है। नागपुर मुख्यालय में आयोजित होने वाले इस कार्यक्रम में संघ अलग-अलग क्षेत्रों के ख्याति प्राप्त लोगों को मुख्य अतिथि के रूप

में बुलाता रहा है। हाल के दिनों में नोबेल पुरस्कार विजेता कैलाश सत्यार्थी, डी.आर.डी.ओ. के पूर्व डायरेक्टर जनरल विजय सारस्वत, एच.सी.एल. चीफ शिव नाडर, नेपाल के पूर्व सैन्य प्रमुख रुक्मांगद कटवाल जैसी शख्सियतों को संघ ने स्थापना दिवस पर बुलाया था। रिपब्लिकन पार्टी ऑफ इंडिया के दलित नेता दादासाहेब रामकृष्ण सूर्यभान गवई, वामपंथी विचारों वाले कृष्णा अय्यर भी इस मौके पर शिरकत कर चुके हैं। वर्ष 2018 में पूर्व राष्ट्रपति और भारत रत्न डॉ. प्रणब मुखर्जी स्थापना दिवस समारोह में आए। आरएसएस प्रारंभ से ही नारी सशक्तीकरण का हिमायती रहा है। संतोष यादव के साथ मंच साझा करते हुए संघ प्रमुख ने कहा भी कि सुबह लगने वाली शाखाओं को छोड़कर संघ के बाकी सभी काम पुरुष और महिलाएँ साथ मिलकर करते हैं।

दरअसल, वर्तमान संघ प्रमुख की योजना संघ में महिलाओं की भूमिका को और अधिक बढ़ाने की है। यही कारण है कि जब स्थापना दिवस समारोह के कुछ दिन बाद प्रयागराज में हुई संघ की राष्ट्रीय कार्यकारिणी की बैठक के दूसरे दिन (17 अक्टूबर, 2022) को संगठन में महिलाओं की भूमिका बढ़ाने पर फोकस किया गया। एक पदाधिकारी ने बताया कि अखिल भारतीय कार्यकारी मंडल बैठक में दूसरे दिन चर्चा अपने सभी संबद्ध संगठनों में महिला कार्यकर्ताओं की भूमिका को बढ़ाने के तरीके खोजने पर केंद्रित थी। उक्त पदाधिकारी के अनुसार, संघ के सभी बड़े पदाधिकारी इस बात से सहमत थे कि संगठन द्वारा किए जा रहे विभिन्न सामाजिक और वैचारिक कार्यों में महिलाओं की भूमिका सुनिश्चित करने के लिए प्रयास किए जाने की आवश्यकता है। उन्होंने कहा कि सामाजिक मुद्दों से जुड़े कार्यों को नगर स्तर के अलावा ग्रामीण क्षेत्रों में विकास खंड स्तर तक बढ़ाया जाएगा। देश भर में आँगनबाड़ियों और स्वयं सहायता समूहों की महिलाओं के लिए जागरूकता कार्यक्रम आयोजित करने पर भी चर्चा हुई। पदाधिकारी ने कहा कि आरएसएस ने संघ की गतिविधियों के लिए छात्राओं को जुटाने के प्रयासों को तेज करने का संकल्प लिया है।

संघ की स्थापना के 11 सालों के बाद स्थापित राष्ट्र सेविका समिति (

राष्ट्रीय महिला स्वयंसेवक समिति) संघ के दर्शन के अनुरूप नारी शक्ति के उत्थान के काम में लगी हुई है। देश भर की महिलाओं को हिंदुत्व और राष्ट्रवाद के अभियान से जोड़ने में प्रयासरत यह संस्था एक हिंदू राष्ट्रवादी महिला संगठन है, जिसे आरएसएस की 'बहन' के रूप में भी जाना जाता है। इस नारीवादी संस्था ने राष्ट्रवादी शक्ति और हिंदू महिलाओं की लामबंदी का सफल प्रयास किया है। विदेश मंत्री रहीं स्वर्गीय सुषमा स्वराज और लोकसभा अध्यक्ष रहीं सुमित्रा महाजन भी राष्ट्र सेविका समिति से जुड़ी रहीं। समिति की स्थापना 1936 में विजयादशमी के दिन वर्धा में हुई थी। श्रीमती लक्ष्मीताई केळकर (मौसीजी) इसकी प्रथम प्रमुख संचालिका थीं। राष्ट्र सेविका समिति का ध्येयसूत्र है—'स्त्री राष्ट्र की आधारशिला है।' समिति की वर्तमान प्रमुख वी. शांता कुमार उपाख्य 'शांताक्का' और महासचिव सीता अन्नदानम हैं। समिति की सक्रिय शाखाएँ वर्तमान में 5215 केंद्रों में काम कर रही हैं। 875 केंद्र प्रतिदिन शाखाओं का संचालन करते हैं, इसमें करीब 10 लाख महिला सदस्य हैं। 10 देशों में शाखाएँ हैं।

राष्ट्र सेविका समिति द्वारा देश के विभिन्न शहरों एवं ग्रामों में दैनिक एवं साप्ताहिक अंतराल पर शाखाएँ लगाई जा रही हैं। इन शाखाओं पर सेविकाओं को शारीरिक शिक्षा प्रदान कर उनका बौद्धिक विकास किया जाता है। साथ ही उनके मनोबल के स्तर को ऊँचा करने के उद्देश्य से विविध उपक्रम भी प्रारंभ किए गए हैं।

राष्ट्र सेविका समिति द्वारा देश के विभिन्न शहरों एवं ग्रामों में दैनिक एवं साप्ताहिक अंतराल पर शाखाएँ लगाई जा रही हैं। इन शाखाओं पर सेविकाओं को शारीरिक शिक्षा प्रदान कर उनका बौद्धिक विकास किया जाता है। साथ ही उनके मनोबल के स्तर को ऊँचा करने के उद्देश्य से विविध उपक्रम भी प्रारंभ किए गए हैं। राष्ट्र सेविका समिति द्वारा वन विहार एवं शिविरों का आयोजन, शिशु, बालिका और गृहिणी सेविकाओं के लिए अलग-अलग स्तरों पर किया जाता है। साथ ही सेविकाओं में अपनत्व की भावना विकसित करने के उद्देश्य

से विभिन्न छात्रावासों में आरोग्य शिविर, उद्योग मंदिर, बाल मंदिर एवं संस्कार वर्ग सहित विभिन्न सेवा कार्यों का आयोजन किया जाता है। समिति आज 800 से अधिक सेवा कार्य कर रही है, इनमें महिला छात्रावासों, निःशुल्क चिकित्सा केंद्रों का संचालन, लघु उद्योग से जुड़े स्वयं सहायता समूहों का गठन, साहित्य केंद्रों एवं संस्कार केंद्रों का संचालन, गरीब तबके की बालिकाओं के लिए निःशुल्क ट्यूशन कक्षाओं का आयोजन आदि कार्य शामिल हैं।

समिति आज देश भर में अनेक शैक्षणिक, स्वास्थ्य एवं स्वावलंबन संस्थाएँ चला रही है। विशेष रूप से समाज के पिछड़े, अभावग्रस्त और वनवासी क्षेत्रों में कल्याणकारी कार्यक्रमों पर जोर दिया जा रहा है। छत्तीसगढ़ के नक्सल प्रभावित क्षेत्रों की अनाथ बालिकाओं के लिए निःशुल्क छात्रावास और पढ़ाई की व्यवस्था भी समिति द्वारा व्यापक स्तर पर की जा रही है। समिति की सक्रिय शाखाओं में योगाभ्यास, राष्ट्रवादी/देशभक्ति के गीत, सैन्य प्रशिक्षण, संगोष्ठी व चर्चाएँ आयोजित की जाती हैं। सभी आयोजनों का मुख्य लक्ष्य नारी शक्ति का अभ्युदय, महिलाओं को समाज में आगे लाना। समिति अपने सदस्यों को तीन आदर्श सिखाती है—मातृत्व (सार्वभौमिक मातृत्व), कर्तृत्व (दक्षता और सामाजिक सक्रियता) और नेतृत्व। समिति अपने सारे कार्यक्रमों में इतिहास की तीन नारी शक्तियों को आदर्श के रूप में महिलाओं के सामने प्रस्तुत करती है—जीजाबाई, अहिल्याबाई होल्कर और झाँसी की रानी। बड़ी संख्या में प्रोफेसर, डॉक्टर, वकील, वैज्ञानिक, सामाजिक कार्यकर्ताओं और हर क्षेत्र में काम करने वाली महिलाओं को समिति ने अपने से जोड़ा है।

'द इकोनॉमिक टाइंस' के एक लेख के मुताबिक, समिति में हर दिन दोपहर के आसपास और कुछ स्थानों में हफ्ते में तीन बार शाखाएँ लगाई जाती हैं। एक वरिष्ठ सदस्य के अनुसार, आरएसएस में सुबह छह बजे शाखाएँ लगती हैं, लेकिन अधिकांश महिलाओं के पास उस दौरान परिवार के लिए काम करना होता है, इसलिए समिति अपनी शाखाओं को ऐसे समय में रखती है, जब वह समय ज्यादातर महिलाओं के लिए उपयुक्त हो। शाखाओं और बैठकों के माध्यम से समिति लड़कियों को आत्मरक्षा का प्रशिक्षण भी देती है। 10 से 60

आयु वाली महिलाओं के समूह पार्कों में एक घंटे के सत्र में खेलों और योग के आयोजन के बाद महिलाओं को प्रभावित करने वाले मुद्दों, विशेष रूप से मातृत्व, कार्य-जीवन संतुलन, लिव-इन रिलेशनशिप और परिवारों को एकीकृत करने के मुद्दों पर चर्चा करते हैं। सेविका समिति की प्रमुख वेंकटरमैया शांता कुमारी के अनुसार सेविका समिति का प्रभाव लगातार बढ़ रहा है। अकेले दिल्ली में 3500 महिलाएँ नियमित शाखाओं में भाग ले रही हैं। हजारों महिलाएँ, जिनमें ज्यादातर कामकाजी हैं, विशेष सत्रों, सेमिनारों, कार्यशालाओं और अन्य कार्यक्रमों में भाग लेती हैं। लगभग 6000 प्रचारिका, सेविका और विस्तरिका समिति के कार्यक्रमों को संचालित कर रही हैं।

समिति प्रमुख शांता कुमारीजी की जानकारी के मुताबिक हमारी स्वयंसेवक महिलाओं को उनके कार्यालय के काम में मदद करती हैं और यहाँ तक कि उनके बच्चों की देखभाल भी करती हैं। हम जानते हैं कि महानगरों में महिलाएँ नौकरी नहीं छोड़ सकतीं, क्योंकि परिवार चलाने के लिए पुरुष और महिला दोनों सदस्यों को कमाना पड़ता है। करुणा और सहानुभूति के साथ हम उन्हें समझाती हैं कि हमारी संस्कृति को महत्त्व देना और जड़ों से जुड़े रहना महत्त्वपूर्ण है। समिति शाखाओं की कोशिश विभिन्न सामाजिक-सांस्कृतिक गतिविधियों के माध्यम से महिलाओं के बीच देशभक्ति और सामाजिक जागरूकता की भावना पैदा करना है। दिल्ली में सेविका समिति ने युवा लड़कियों को आकर्षित करने के लिए एकता के लिए दौड़ 'मणिकर्णिका' का आयोजन किया, जहाँ उन्हें रानी लक्ष्मीबाई का अनुकरण करने को प्रेरित किया गया। इस दौड़ में जवाहरलाल नेहरू विश्वविद्यालय की छात्राओं की उत्साही भागीदारी देखी गई, जिसकी देश भर में खूब चर्चा हुई।

महिलाओं की स्थिति पर 26 खंडों की सर्वे रिपोर्ट

संघ देश की महिलाओं की स्थिति सुधारने को लेकर हमेशा से गंभीर रहा है। खासतौर से संघ के वर्तमान प्रमुख मोहनजी भागवत आधी आबादी के चहुँमुखी विकास को लेकर प्रयासरत रहते हैं। उन्होंने 25 सितंबर, 2019 को

दिल्ली के आंबेडकर इंटरनेशनल सेंटर में 'भारत में महिलाओं की स्थिति' पर 26 खंडों की एक बड़ी सर्वे रिपोर्ट जारी की थी, जो सरकारों के लिए आँख खोलने वाली थी। महिलाओं की विकास नीति तैयार करने में मददगार यह रिपोर्ट आरएसएस से प्रेरित दृष्टि स्त्री अध्ययन प्रबोधन केंद्र ने देश के 29 राज्यों और 7 केंद्र शासित प्रदेशों की 74 हजार से अधिक महिलाओं से बात करके तैयार की है। वस्तुस्थिति जानने के लिए संस्था की कार्यकर्ताओं ने एक-एक महिला से दो-दो घंटे तक बात की। सर्वे की परियोजना निदेशक मनीषा कोटेकर और संस्था की सचिव अंजलि देशपांडे के अनुसार महिलाओं पर अपनी तरह का यह पहला सबसे बड़ा सर्वे है। उन्होंने बताया कि महिलाओं की स्थिति जानने के लिए इस सर्वे के लिए ऐसी प्रश्नावली तैयार की गई थी, जिसका जवाब पाने के लिए इंटरव्यू लेने और देने वाले को कम-से-कम दो घंटे लगते थे।

यह सर्वे 1081 टीमों में बँटकर देश भर में निकलीं महिलाओं ने किया। टीमें नक्सली इलाकों की आदिवासी महिलाओं तक भी पहुँचीं। आदिवासी महिलाओं से बातचीत में काफी मशक्कत करनी पड़ी थी। कई-कई बार संपर्क करने के बाद महिलाओं ने सर्वे के लिए तैयार प्रश्नों का जवाब दिया। अंतरराष्ट्रीय सीमा से सटे 106 में से 70 जिलों की महिलाओं को भी सर्वे में शामिल किया गया, इस सर्वे में 21.96 प्रतिशत अविवाहित और शेष विवाहित महिलाओं को शामिल किया गया था।

50 प्रतिशत महिलाओं को ही दो वक्त का भोजन, 40 प्रतिशत अस्पताल में भर्ती

सर्वे में सामने आया कि पचास प्रतिशत महिलाएँ ही दिन में दो बार भोजन करती हैं। वहीं 3.73 प्रतिशत महिलाएँ आज भी दिन में सिर्फ एक बार खाना खाकर रहती हैं। 18 साल से कम आयु की 64 प्रतिशत लड़कियों को माहवारी से जुड़ी समस्या सामने आईं। दूसरे नंबर पर आर्थराइटिस की समस्या आई। वहीं चौंकाने वाली बात रही कि 5.28 प्रतिशत महिलाएँ ब्लड प्रेशर, 3.07 प्रतिशत महिलाएँ हृदय रोग, 1.62 प्रतिशत डायबिटीज और 0.51 प्रतिशत

महिलाएँ कैंसर से जूझ रही हैं। सबसे अहम बात रही कि सर्वे में शामिल 40 प्रतिशत महिलाओं ने स्वीकार किया कि वे पिछले दो सालों में अस्पताल में भर्ती हो चुकी हैं।

सर्वे में सामने आया कि पचास प्रतिशत महिलाएँ ही दिन में दो बार भोजन करती हैं। वहीं 3.73 प्रतिशत महिलाएँ आज भी दिन में सिर्फ एक बार खाना खाकर रहती हैं। 18 साल से कम आयु की 64 प्रतिशत लड़कियों को माहवारी से जुड़ी समस्या सामने आई।

सदन की 24 स्थायी समितियों में महिला अध्यक्ष नहीं

दृष्टि स्त्री अध्ययन प्रबोधन केंद्र द्वारा तैयार रिपोर्ट में कहा गया है कि 79 प्रतिशत महिलाएँ अपने प्रति शुद्ध रूप से विश्वास रखती हैं और आशावादी हैं। इसमें इस बात का उल्लेख किया गया है कि संसद् के दोनों सदनों की विभाग संबंधी 24 स्थायी समितियों में किसी समिति की अध्यक्षता महिला नहीं कर रही है। रिपोर्ट के अनुसार 79.14 प्रतिशत महिलाओं के पास बैंक खाते हैं। 90.62 प्रतिशत महिलाओं के पास आधार कार्ड, 84.04 प्रतिशत के पास वोटर कार्ड है, जबकि 35 प्रतिशत महिलाओं के पास पैन कार्ड हैं।

रोजगार में ईसाई महिलाएँ आगे

सबसे ज्यादा आदिवासी महिलाएँ रोजगार से जुड़ी मिलीं, वहीं सामान्य महिलाओं में सबसे ज्यादा बेरोजगारी है। रोजगार से जुड़ीं ज्यादातर महिलाओं की शिकायत थी कि उन्हें बच्चों के लिए क्रेच की सुविधा उपलब्ध नहीं है, इसके साथ कैंटीन, परिवहन और कार्यस्थल पर रेस्ट रूम भी नहीं मिलते, उनमें से 60 से भी अधिक को लोन सुविधा प्राप्त नहीं है। सर्वे के मुताबिक रोजगार का सर्वाधिक प्रतिशत ईसाई समुदाय की महिलाओं में और उसके बाद हिंदू, बौद्ध, मुसलिम, जैन और सिख समुदाय की महिलाओं में देखा गया है।

पढ़ाई छोड़ रही लड़कियाँ

सर्वे में पाया गया कि महिला शिक्षा की दर बढ़ी है, मगर शादी और

आर्थिक तंगी के कारण लड़कियों को बीच में ही पढ़ाई छोड़नी पड़ती है। सर्वे में सामने आया कि आरक्षण एस.सी., एस.टी. और ओ.बी.सी. लड़कियों को उच्च शिक्षा हासिल करने में मददगार साबित हो रहा है। सर्वे में शामिल दो तिहाई महिलाएँ अपनी रुचि के विषयों के बारे में नहीं बता पाईं, जिससे पता चलता है कि घर की तमाम बंदिशों और जिम्मेदारियों के चलते उन्हें अपनी रुचि के बारे में सोचने का मौका ही नहीं मिलता। सर्वे में शामिल एक–चौथाई महिलाओं ने बताया कि उन्हें अपने लिए फुर्सत नहीं है।

आध्यात्मिक महिलाएँ ज्यादा खुश

सर्वे में यह भी सामने आया कि आध्यात्मिक क्षेत्र से जुड़ीं महिलाएँ दूसरे क्षेत्र की महिलाओं से ज्यादा खुश हैं। वहीं लिवइन में रहने वाली महिलाओं की तुलना में शादी कर घर बसाने वाली महिलाएँ ज्यादा खुशहाल हैं। सर्वे में यह भी खास तथ्य सामने आया कि 90 प्रतिशत ऐसी महिलाएँ, जिनके पास परिवार और इनकम नहीं है, वह ज्यादा खुश मिलीं, सिवाय उनके, जिनके पास कम–से–कम दस हजार रुपये महीने की कमाई है। सर्वे में कहा गया है कि इससे पता चलता है कि पैसे का खुशियों से कोई नाता नहीं है।

मोहन भागवत की राय—महिलाओं को मार्गदर्शन देने की 'शक्ति' पुरुषों में नहीं

मोहन भागवत ने 'भारत में महिलाओं की स्थिति' विषय पर इस रिपोर्ट को जारी करते हुए ऐतिहासिक वक्तव्य दिया था। उनके विचारों से महिलाओं के प्रति संघ का महान् दृष्टिकोण उजागर होता है। संघ प्रमुख डॉ. भागवत ने कहा कि महिलाओं के विकास के लिए मार्गदर्शन देने की 'औकात' पुरुषों में नहीं है, इसलिए पुरुषों को इस अहंकार से बाहर निकलना चाहिए कि वे महिलाओं के लिए कुछ कर रहे हैं। भागवत ने कहा कि महिलाओं में सृजन, पालन और विध्वंस की ताकत है। संघ के सरसंघचालक ने कहा कि महिलाओं को अवसर प्रदान करने तथा उन अवसरों को उपयोग करने का प्रबोधन दिए जाने की जरूरत है। भागवत ने कहा कि महिलाओं के विकास और उत्थान

का रास्ता तय करने वाला पुरुष नहीं हो सकता है। इस क्रम में उन्होंने स्वामी विवेकानंद के एक प्रसंग का उदाहरण दिया—स्वामी विवेकानंद से एक बार पूछा गया था कि महिलाओं को क्या संदेश देना चाहेंगे? कहा था कि उनको महिलाओं को संदेश देने की औकात नहीं है। संघ प्रमुख ने कहा कि महिलाएँ अपनी स्थिति को समझें और बाहर आएँ। उन्होंने कहा कि आज जो रिपोर्ट आई है, उसमें यह कहा गया है कि लोग महिलाओं की बात तो सुनते हैं, लेकिन निर्णय करने में कितना अमल करते हैं, यह स्पष्ट नहीं है। भागवत ने कहा कि इसका कारण यह है कि हम उनकी (महिलाओं) की शक्ति को भूल गए हैं। वे बोले कि घर अगर अच्छे से चलता है तो इसमें महिलाओं का योगदान है। पुरुषों को प्रकृति ने घर सँभालने का गुण नहीं दिया है। महिलाओं का विकास केवल महिलाएँ ही कर सकती हैं। संघ प्रमुख ने कहा कि वह पुरुष वर्ग का आह्वान करते हैं कि आज जो रिपोर्ट जारी हुई है, उसे पढ़ें और अपने घर से इस दिशा में कार्य आरंभ करें। महिलाओं का व्यक्तित्व बहुआयामी होता है, एक साथ कई कार्य कर सकती हैं।

संघ प्रमुख मोहन भागवत की हर आवाज में महिला स्वतंत्रता और सम्मान की गूँज सुनाई पड़ती है। 18 अगस्त, 2022 को नागपुर में 'अखिल भारतीय

महिला चरित्र कोष—प्रथम खंड' नामक पुस्तक का विमोचन करते हुए उन्होंने भारतीय परिवार व्यवस्था की सराहना की और इसमें महिलाओं की भूमिका को इंगित किया। उन्होंने कहा कि महिला सम्मान और सशक्तीकरण घर से शुरू होना चाहिए और उन्हें समाज में उनका उचित स्थान मिलना चाहिए। महिलाओं को 'जगत जननी' कहा जाता है, लेकिन उनके घरों में उन्हें 'गुलाम' माना जाता है। संघ प्रमुख ने भारत के 'विश्व गुरु' बनने के सपने को साकार करने में महिलाओं के महत्त्व को रेखांकित किया। अगर हम एक विश्वगुरु के रूप में भारत का निर्माण करना चाहते हैं तो सिर्फ पुरुषों की भागीदारी ही काफी नहीं है, बल्कि महिलाओं की समान भागीदारी की भी आवश्यकता है।

आरएसएस प्रमुख की राय थी कि भारतीय महिलाओं की स्थिति पर एक सामान्य बयान देना बहुत मुश्किल है। हर किसी की एक अलग स्थिति और पृष्ठभूमि होती है, साथ ही इन समस्याओं के लिए अलग-अलग समस्याएँ और समाधान होते हैं। प्राचीन काल से इस बात पर कोई तर्क नहीं हुआ है कि पुरुष और महिला में कौन श्रेष्ठ है, क्योंकि दोनों समान हैं और उन्हें साथ रहना है। दुनिया में जो लोग मूल्यों, विवाह, महिलाओं की स्वतंत्रता और परिवार की आलोचना करते हैं, वे आज भारतीय परिवार व्यवस्था पर शोध कर रहे हैं, जो हम हजारों सालों से (भारतीय परिवार व्यवस्था के गुणों के बारे में) कह रहे हैं, वे अब इसके बारे में बात कर रहे हैं। यह सोचने का समय है कि महिलाओं को उनके घरों में उनका सही स्थान दिया जा रहा है या नहीं। संघ प्रमुख ने महिलाओं के लिए किए जा रहे काम में गति बढ़ाने की जरूरत बताई है। सब लोग कहते हैं, यह काम होना चाहिए, लेकिन यह होगा कैसे? व्यवस्था में कुछ बदलाव होना चाहिए। समय के मुताबिक बदलाव हो रहे हैं, लेकिन इसमें गति बढ़ाने की आवश्यकता है। देश की जनसंख्या में 50 फीसदी महिला वर्ग है। 30 फीसदी आरक्षण होना चाहिए या नहीं होना चाहिए। इस बात को लेकर विवाद चलता रहता है, लेकिन धीरे-धीरे सब हो रहा है।

□

केरल में संघ का उत्सर्ग

केरल में राष्ट्रीय स्वयंसेवक संघ राष्ट्रवाद की स्थापना के लिए करीब 8 दशक से संघर्ष कर रहा है। मार्क्सवादी कम्युनिस्ट पार्टी (सी.पी.एम.) और कट्टरवादी मुसलिम तथा ईसाई संगठनों के साथ-साथ आतंकी संगठनों से लोहा लेने में सैकड़ों स्वयंसेवकों ने अपने प्राणों की आहुति दी है।

केरल में मार्क्सवादी कम्युनिस्ट पार्टी की स्थापना वर्ष 1939 में हुई, उसके एक-दो साल बाद यहाँ राष्ट्रीय स्वयंसेवक संघ भी आया। उसी समय से संघ को कम्युनिस्टों से संघर्ष करना पड़ रहा है, जब केरल प्रांत में संघ का काम बढ़ने लगा तो सी.पी.एम. को लगा कि उसके गढ़ में कब्जा करने की कोशिश हो रही है। वाम मोर्चा ने वर्ष 1947 में संघ प्रमुख गोलवलकर गुरुजी की एक सभा पर हमला किया था। विचारधारा से शुरू हुई लड़ाई को

वाम मोर्चा ने खूनी लड़ाई में बदल दिया है। एक रिपोर्ट के मुताबिक केरल के केवल एक जिला कन्नूर में वर्ष 2000 से वर्ष 2016 के बीच तीन दर्जन से अधिक स्वयंसेवक बलिदान हुए।

सी.पी.एम. ने जैसे-जैसे संघ को रोकने की कोशिश की, वैसे-वैसे संघ केरल में बढ़ता गया। आज वहाँ छह हजार से अधिक शाखाएँ हैं और तीन लाख से अधिक स्वयंसेवक काम कर रहे हैं। राष्ट्रीय स्वयंसेवक संघ के केरल प्रांत के तत्कालीन संघचालक के बलराम ने मीडिया को दिए गए एक साक्षात्कार में बताया था कि दरअसल, जब से सी.पी.एम. कैडर के लोगों ने संघ में आना शुरू किया है, तब से ही उन्हें दिक्कत हुई, जब उन्हें यह पता चलता है कि उनका कोई वर्कर किसी दूसरे संगठन में चला गया, तो वे उस संगठन पर शारीरिक हमला करना शुरू कर देते हैं। केरल में सभी पार्टियों के लोगों को सी.पी.एम. वर्कर्स से ही खतरा महसूस होता है। यहाँ तक कि कांग्रेस के लोगों ने भी इसका सामना किया है, लेकिन सबसे ज्यादा परेशानी संघ ने उठाई है, क्योंकि वाम मोर्चा को संघ सबसे बड़ी चुनौती के रूप में दिखता है, लेकिन केरल जैसे राज्य में आरएसएस को राष्ट्रवाद की पताका फहराने के लिए बड़ी संख्या में स्वयंसेवकों की कुरबानी देनी पड़ी है।

स्वयंसेवकों के बलिदान की लंबी फेहरिस्त—कन्नूर में मई 2017 की एक रात की घटना है। रात के अँधेरे में टोयोटा इनोवा गाड़ी बीजू की मोटरसाइकिल का एक घंटे तक पीछा करती रही। के. बीजू एक 33 वर्षीय हाउस पेंटर तथा आरएसएस कार्यकर्ता थे, वे अपने एक दोस्त के साथ मोटरसाइकिल पर सवार होकर जा रहे थे। वे उत्तरी केरल के कन्नूर जिले के कक्कमपराई गाँव में स्थित अपने घर पहुँचने में महज कुछ मीटर की दूरी पर थे कि कार अचानक तेज हो गई और मोटरसाइकिल को टक्कर मार दी। बीजू नीचे गिर गए, अचानक इनोवा कार रुकी, उससे कुछ लोग उतरे और बीजू पर हमला कर दिया। अंत में उन्होंने धारदार हथियार से गला रेतकर उसकी हत्या कर दी।

इस घटना की जानकारी देते हुए मीडिया को बीजू के बुजुर्ग पिता

पुरुषोत्तम कुंजनपू ने बताया था कि "जब मुझे बीजू के दोस्त ने उनकी हत्या के बारे में फोन करके बताया तो मैं गाँव के मंदिर में दीपक जला रहा था।" पिता ने यह भी बताया था कि उनके बेटे की हत्या लगभग एक साल पहले हुई एक स्थानीय सी.पी.आई. (एम) नेता धनराज की हत्या का बदला लेने की काररवाई है। धनराज की हत्या के मामले में उसके परिजनों ने बीजू समेत एक दर्जन से अधिक आरएसएस से जुड़े लोगों का नाम केस में डाल दिया था, जहाँ पर बीजू की हत्या हुई थी, वहाँ से कुछ ही दूरी पर बस अड्डों, ताड़ के पेड़ों, बिजली के खंभों और दीवारों पर अनगिनत पोस्टर लगे हुए थे। लाल पोस्टरों में छोटे कद वाले और बड़ी-बड़ी मूँछों वाले धनराज का चित्र दिखाया गया था, जिसमें वह अपना हाथ हवा में लहरा रहा था। पोस्टर पर लिखा हुआ था—"मैं उन लोगों को नहीं छोड़ूँगा, जिन्होंने मेरी हत्या की है। मैं पार्टी के लिए मर गया, मेरी मौत पार्टी को शक्ति प्रदान करेगी।" धनराज के बारे में यह बताना जरूरी होगा कि सी.पी.एम. के नेता के रूप में आसपास के इलाकों में उसकी दहशत कायम थी। सारे सरकारी और गैर-सरकारी ठेके उसकी मर्जी से बँटते थे। उसके लोग कारोबारियों से वसूली करते थे। धनराज को नजराना दिए बगैर इलाके में कोई भी काम नहीं होता था। उसकी हत्या आपराधिक रंजिश में हुई, मगर सी.पी.एम. के लोगों ने इसमें आरएसएस के लोगों का हाथ बता दिया। इसको लेकर इस इलाके में कई हत्याएँ हुईं। एक रिपोर्ट के मुताबिक 1969 से लेकर अभी तक 225 से अधिक लोग मारे गए हैं, जिनमें बड़ी संख्या में संघ के स्वयंसेवक शामिल हैं। 11 जुलाई, 2016 को भारतीय मजदूर संघ के सी.के. रामचंद्रन की उनके घर में उनकी पत्नी के सामने ही क्रूरतापूर्वक हत्या कर दी गई।

15 नवंबर, 2021 की एक दूसरी घटना है। केरल के पलक्कड़ में संघ के स्वयंसेवक संजीत की हत्या कर दी गई। संजीत को उनकी पत्नी के सामने ही चाकुओं से 50 से ज्यादा वार किए गए। घटना तब हुई, जब संजीत अपनी पत्नी को उनके दफ्तर छोड़ने जा रहे थे। यह 10 दिन के भीतर स्वयंसेवक की हत्या की दूसरी घटना थी, जिसमें सोशल डेमोक्रेटिक पार्टी ऑफ इंडिया

(एस.डी.पी.आई.) और पॉपुलर फ्रंट ऑफ इंडिया (पी.एफ.आई.) के लोगों के शामिल होने की बात सामने आई। इन संगठनों ने केरल में बड़ी संख्या में स्वयंसेवकों की हत्याएँ की हैं। 17 फरवरी, 2022 की एक और घटना है। अलप्पुझा जिले के हरिपद इलाके में संघ के एक युवा कार्यकर्ता की चाकू मारकर उस समय हत्या कर दी गई, जब वह एक मंदिर में नृत्य करने गया था।

आए दिन संघ के स्वयंसेवकों और प्रचारकों को सी.पी.एम. या दूसरे कट्टरपंथी संगठन के लोगों द्वारा घेरकर क्रूरतापूर्वक मारे जाने की खबरें आती रहती हैं, इसका सबसे त्रासद पहलू यह है कि स्वयंसेवकों की हत्या करने वालों के खिलाफ कम्युनिस्ट सरकार की पुलिस प्रभावकारी काररवाई नहीं करती है, वहीं दूसरी ओर कम्युनिस्ट कार्यकर्ता की हत्या होने पर निर्दोष स्वयंसेवकों को केस में फँसाकर जेल भेज देती है। 4 मार्च, 2017 को पुलिस के हवाले से मीडिया में छपी रिपोर्टों के अनुसार, कन्नूर जिले में पिछले साल हिंसा की 400 घटनाएँ घटीं, जिनमें सी.पी.एम. के 600 और संघ से जुड़े 280 लोग गिरफ्तार किए गए। सत्ता का दुरुपयोग करते हुए अकसर संघ के स्वयंसेवकों को जबरन केस-मुकदमों में फँसाने के मामले उजागर होते रहते हैं। संघ के एक बुजुर्ग प्रचारक बताते हैं कि केरल में 'लाल आतंक' द्वारा अपने विचारधारा विरोधियों पर कहर ढाए की घटना कोई अनहोनी बात नहीं है। इतिहास गवाह है कि दुनिया की कम्युनिस्ट सरकारों ने अपने विरोधी विचार वालों पर कितने अत्याचार किए हैं, ऐसी घटनाओं से इतिहास के पन्ने भरे पड़े हैं। इतिहास की किताबें बताती हैं कि रूस में लेनिन और स्टालिन, रूमानिया में चासेस्क्यू, पोलैंड में जारू जेलोस्की, हंगरी में ग्रांज, पूर्वी जर्मनी में होनेकर, चेकोस्लोवाकिया में ह्यूसांक, बुल्गोरिया में जिकोव और चीन में माओ-त्से-तुंग ने किस तरह नरसंहार किया। इन अधिनायकों ने सैनिक शक्ति, यातना शिविरों और असंख्य व्यक्तियों को देश निर्वासन करके 'आतंक का राज' स्थापित किया, ऐसे में केरल में कई सालों से 'सभ्यता-संघर्ष' के तहत संघ का इसलाम-ईसाइयत से संघर्ष राष्ट्रवाद की स्थापना की दिशा में महत्त्वपूर्ण और गौरवशाली प्रयास है।

सी.पी.एम. की सत्ता और बाहुबल का मुकाबला करते हुए जिस तरह से संघ ने केरल में अपना सांगठनिक और वैचारिक विस्तार किया है, वह एक मिसाल है। सी.पी.एम. के पास सत्ता, धन और बाहुबल है, मगर संघ कार्यकर्ताओं की जुझारू क्षमता से केरल की सरकार और उसकी पार्टी घबराई रहती है। राज्य में संघ के 500 से अधिक स्कूल हैं, जिनके माध्यम से सांस्कृतिक परिवर्तन की कोशिश हो रही है और इसमें काफी कामयाबी भी मिली है। बी.बी.सी. की एक रिपोर्ट के मुताबिक केरल के सांस्कृतिक क्षेत्र में संघ काफी आगे बढ़ा है। रिपोर्ट के मुताबिक कम्युनिस्ट विचार भीतर से घोर असहिष्णु और हिंसक हैं। अपने गढ़ में तेजी से बढ़ते राष्ट्रीय विचार के प्रभाव से कम्युनिस्ट भयभीत हैं। अपनी बची-खुची जमीन को बचाने के लिए वे पूरी ताकत लगा रहे हैं, इसके लिए वे स्वयंसेवकों की हत्या करवा रहे हैं। दरअसल, कम्युनिस्ट पार्टी और उसकी सरकार ने केरल के गाँव को 'पार्टी विलेज' में बदल रखा है, ऐसे में संघ के लोग जब गाँव में शाखा लगाने जाते हैं तो वे उनका विरोध करते हैं। इनमें मुख्यमंत्री विजयन का गाँव पिनराई भी है, जहाँ शाखा लगाने गए कई प्रचारकों और स्वयंसेवकों पर हमले हुए हैं।

संघ के प्रांतीय संघचालक एडवोकेट के.के. गौतम ने मीडिया को बताया था कि वर्ष 2016 में जब सी.पी.एम. की सरकार बनी तो कम्युनिस्ट पार्टी ने संघ के कार्यकर्ताओं पर बड़े पैमाने पर हमले किए, इसके बाद संघ की मुख्यमंत्री के साथ बातचीत हुई। एक तरफ मुख्यमंत्री और उनकी पार्टी के पदाधिकारी थे, दूसरी ओर संघ के नेता थे। संघ की ओर से उनके सामने दो माँगें रखी गई थीं। पहली माँग थी कि आरएसएस को केरल में हर जगह काम करने की अनुमति मिलनी चाहिए, दूसरी माँग थी कि अधिकारी खासकर पुलिस स्वयंसेवकों के खिलाफ पक्षपाती रवैया न अपनाएँ। मुख्यमंत्री ने आश्वासन दिया है कि ऐसा ही होगा, मगर, ऐसा नहीं हुआ। संघ के स्वयंसेवकों पर हमले लगातार जारी हैं। 4 मार्च, 2017 को बी.बी.सी. की एक रिपोर्ट में कहा गया है कि पिछले एक साल में हिंसा की घटनाओं में 30 फीसदी इजाफा हुआ है। 20 फरवरी, 2021 को सोशल मीडिया पर एक वीडियो वायरल

हुआ, जिसमें आरएसएस के गणवेश में दो लोगों के हाथ बाँधकर मुसलिमों का एक समूह सड़क पर घुमा रहा है, बताया गया कि केरल के मुसलिम बहुल मलप्पुरम जिले में पी.एफ.आई. के कार्यकर्ताओं ने आरएसएस के कार्यकर्ताओं को जंजीर और रस्सी में बाँधकर सड़क पर मार्च निकाला।

देश के गृहमंत्री अमित शाह ने केरल के दौरे में संघ कार्यकर्ताओं की हत्याओं की बढ़ती घटनाओं पर चिंता जताते हुए कहा था कि केरल विजयन सरकार संघ कार्यकर्ताओं को सुरक्षा देने में फेल रही है, लेकिन कम्युनिस्ट सरकार के सभी तरह के दमन के बाद भी यह हिंसक विचारधारा अपने उद्देश्य में सफल नहीं हो पा रही है, क्योंकि केरल के समाज को इनका राष्ट्र-विरोधी व्यवहार समझ आने लगा है। यही कारण है, विपरीत परिस्थितियों में भी केरल में संघ कार्य दिन-प्रति-दिन बढ़ता जा रहा है। वर्ष 2013-14 में केरल में राष्ट्रीय स्वयंसेवक संघ की लगभग 4,000 शाखाएँ थीं, जो आज बढ़कर 6,000 से अधिक हो गई हैं। केरल के युवा बड़ी संख्या में संघ से जुड़ रहे हैं।

□

संघ के संबंध में यह भी जानें

तीन बार संघ पर लगा प्रतिबंध हर बार बेदाग साबित

अपने 97 साल की जीवनयात्रा में आरएसएस को तीन बार उसे सरकारी प्रतिबंध झेलने पड़े, लेकिन हर बार संघ बेदाग साबित हुआ है। इसकी प्रसंगवश चर्चा पहले भी की गई है, लेकिन पाठकों को समझने में आसानी के लिए कब-कब और किन मामलों में प्रतिबंध लगा, इसकी एक साथ जानकारी यहाँ दी जा रही है।

पहली बार प्रतिबंध : महात्मा गांधी की हत्या

30 जनवरी, 1948 को दिल्ली के बिड़ला हाउस में नाथूराम गोडसे ने महात्मा गांधी की गोली मारकर हत्या कर दी। इस हत्या ने पूरे देश ही नहीं, बल्कि दुनिया को झकझोर दिया। इस घटना के बाद आरएसएस के लोगों पर इसकी साजिश रचने के आरोप में घटना के 5 दिन बाद, यानी 4 फरवरी, 1948 को सरकार ने आरएसएस पर प्रतिबंध लगा दिया, इसके साथ तत्कालीन सरसंघचालक पुज्य एम.एस. गोलवलकर समेत संघ के कई कार्यकर्ता गिरफ्तार कर लिए गए, लेकिन अंत में जब आरोप साबित नहीं हुआ तब 11 जुलाई, 1949 को संघ पर से प्रतिबंध हटा लिया गया।

दूसरी बार प्रतिबंध : इमरजेंसी के समय

संघ पर दूसरी बार प्रतिबंध आपातकाल के दौरान 4 जुलाई, 1975 को लगाया गया था। आपातकाल के खिलाफ संघ की भूमिका से आतंकित होकर

उस समय की प्रधानमंत्री इंदिरा गांधी ने संघ को प्रतिबंधित किया था, मगर बाद, जब आपातकाल हटा, चुनाव में इंदिरा गांधी की पराजय हो गई और जनता पार्टी की सरकार बनी तो संघ पर से प्रतिबंध हटा लिया गया।

तीसरी बार प्रतिबंध : बाबरी विध्वंस के बाद

06 दिसंबर, 1992 में अयोध्या में भीड़ ने विवादित बाबरी मसजिद ढाँचे को गिरा दिया, फिर देश के कई हिस्सों में दंगे शुरू हो गए। उसके बाद तत्कालीन प्रधानमंत्री पी.वी. नरसिंह राव ने उत्तर प्रदेश समेत 4 राज्यों की भाजपा सरकारों को बर्खास्त कर दिया और विध्वंस की घटना के 4 दिन बाद 10 दिसंबर को संघ पर भी प्रतिबंध लगा दिया गया। इस घटना की कई स्तरों पर जाँच हुई, मगर आरएसएस के खिलाफ बाबरी ढाँचे को गिराने के मामले में कोई भूमिका प्रमाणित नहीं हुई। अंततः 4 जून, 1993 को सरकार ने संघ पर से प्रतिबंध हटा लिया।

इंदिरा गांधी और प्रणब मुखर्जी संघ के कार्यक्रम में हुए थे शामिल

पूर्व प्रधानमंत्री इंदिरा गांधी 1977 में आरएसएस के निमंत्रण पर कन्याकुमारी स्थित विवेकानंद रॉक मेमोरियल के उद्घाटन के लिए पहुँची थीं। उन्होंने वहाँ स्वामी विवेकानंद की मूर्ति का अनावरण किया था। वे संघ के वरिष्ठ कार्यकर्ता एकनाथ रानाडे के बुलावे पर इस कार्यक्रम में गई थीं। पूर्व राष्ट्रपति प्रणब मुखर्जी का आरएसएस मुख्यालय नागपुर जाना भी सुर्खियों में रहा था। 6 जून, 2018 को वहाँ प्रणब मुखर्जी ने तृतीय वर्ष संघ शिक्षा वर्ग को संबोधित किया था।

संघ के कुछ प्रमुख आनुषंगिक संगठन के बारे में जानकारी

राष्ट्र सेविका समिति

संघ में मातृशक्ति (स्त्री वर्ग) के बौद्धिक, शारीरिक एवं समाजिक-सांस्कृतिक उत्थान के लिए श्रीमती लक्ष्मीबाई केलकर (मौसीजी) ने डॉ.

हेडगेवार की सलाह से वर्ष 1936 की विजयादशमी के दिन राष्ट्र सेविका समिति की स्थापना की। इस समय सारे देश में समिति की लगभग 500 शाखाएँ और 22 सेविकाएँ हैं। इस संस्था का लक्ष्य महिलाओं को राष्ट्रनिर्माण अभियान में शामिल करना है।

आखिल भारतीय विद्यार्थी परिषद्

अखिल भारतीय विद्यार्थी परिषद् विश्व का सबसे बड़ा छात्र संगठन है। इसकी स्थापना 9 जुलाई, 1949 को संघ कार्यकर्ता बलराज मधोक की अगुआई में की गई थी। मुंबई के प्रोफेसर यशवंत केलकर इसके मुख्य कार्यवाहक बने। विद्यार्थी परिषद् का नारा है—"ज्ञान, शील, अनुशासन, एकता।" विद्यार्थी परिषद् के अनुसार, छात्रशक्ति ही राष्ट्रशक्ति होती है। विद्यार्थी परिषद् का मूल उद्देश्य राष्ट्रीय पुनर्निर्माण है। बांग्लादेशी घुसपैठ और कश्मीर से धारा 370 को हटाने के लिए विद्यार्थी परिषद् समय-समय पर आंदोलन चलाता रहा है। परिषद् शिक्षा के व्यवसायीकरण के खिलाफ बार-बार आवाज उठाता रहा है, इसके अतिरिक्त अलगाववाद, अल्पसंख्यक तुष्टीकरण, आतंकवाद और भ्रष्टाचार जैसी राष्ट्र विरोधी गतिविधियों के खिलाफ लगातार संघर्षरत रहा है।

वनवासी कल्याण आश्रम

दुर्गम वनों और पर्वतों में आधुनिक विकास से दूर साधनहीन जीवन जी रहे वनवासियों की सेवा करते हुए उन्हें उन्नति के मार्ग पर अग्रसर करना इस संस्था का लक्ष्य है। वरिष्ठ संघ कार्यकर्ता रमाकांत केशव (बालासाहब) देशपांडे ने वर्ष 1952 में इस संस्था की स्थापना की। बिहार, झारखंड, छत्तीसगढ़, मध्य प्रदेश समेत देश के दूर-दराज के संथाल-पहाड़ियाँ और आदिवासी इलाकों में वनवासियों के सर्वांगीण उत्थान के लिए यह संस्था काम कर रही है। जंगलों में रहने वाले वंचितों की शिक्षा के लिए यह संस्था अहम भूमिका निभा रही है।

विद्या भारती

यह संघ की शैक्षिक शाखा है। राष्ट्रीयता से ओतप्रोत शिक्षा देने के उद्देश्य से प्रथम 'सरस्वती शिशु मंदिर' की स्थापना वर्ष 1952 में उत्तर प्रदेश के गोरखपुर में की गई थी। उसके बाद अनेक विद्यालय प्रारंभ हो जाने के पश्चात् वर्ष 1958 में उत्तर प्रदेश की शिशु प्रबंधन समिति स्थापित की गई, बाद में अन्य प्रांतों में भी ऐसी समितियों का गठन होने के बाद सबके मार्गदर्शन के लिए वर्ष 1977 में अखिल भारतीय संगठन 'विद्या भारती' नाम से बनाया गया। यह संस्था स्कूल और कॉलेजों का संचालन करती है, इसके अंतर्गत करीब 13,209 शिक्षण संस्थान हैं।

भारतीय मजदूर संघ

श्रमिकों के व्यापक हित को ध्यान में रखते हुए श्रमिक संगठन भारतीय मजदूर संघ की स्थापना 23 जुलाई, 1955 (लोकमान्य तिलक के जन्म दिन पर) को संघ

प्रचारक दत्तोपंत ठेंगड़ी ने की थी। अधिकार के साथ कर्तव्य पर जोर, लाल झंडे के स्थान पर भगवा ध्वज लहराने और मई दिवस के साथ विश्वकर्मा जयंती को श्रमिक दिवस मानने वाला भारतीय मजदूर संघ आज देश का सबसे बड़ा श्रमिक संगठन है। वर्तमान में इसके करीब तीन करोड़ सदस्य हैं।

भारत विकास परिषद्

देश के उद्यमी वर्ग को राष्ट्रसेवा कार्य से जोड़ने के लिए वर्ष 1963 में भारत विकास परिषद् की स्थापना डॉ. सूरज प्रकाश और लाल हंसराज गुप्त ने की। इसके पाँच सूत्र हैं—संपर्क, सहयोग, सहकार, सेवा और सर्मपण। इस समय इस संगठन की 500 शाखाएँ (राष्ट्रवादी सांस्कृतिक क्लब) और 20,000 सदस्य हैं, इसकी 12 शाखाएँ विदेशों में हैं।

विश्व हिंदू परिषद्

विश्व हिंदू परिषद् की स्थापना वर्ष 1964 में हुई। इसके संस्थापकों में स्वामी चिन्मयानंद, एस.एस. आपटे, मास्टर तारा सिंह थे। पहली बार 21 मई, 1964 में मुंबई की संदीपनी साधनाशाला में सरसंघचालक माधव सदाशिव गोलवलकर ने सम्मेलन बुलाया था। सम्मेलन में गोलवलकर गुरुजी ने कहा कि भारत के सभी मतावलंबियों को एकजुट होने की जरूरत है। उन्होंने कहा कि 'हिंदू', हिंदुस्तानियों के लिए प्रयुक्त होने वाला शब्द है और यह धर्म से ऊपर है। सम्मेलन में तय हुआ कि प्रस्तावित संगठन का नाम विश्व हिंदू परिषद् होगा। यह संगठन हिंदू समाज को एकजुट करने, हिंदू धर्म, दर्शन और अध्यात्म का प्रचार-प्रसार करने तथा विदेशों में रहने वाले हिंदुओं से संपर्क कर उन्हें भी संगठित करने के लिए काम कर रहा है।

आखिल भारतीय सहित्य परिषद्

साहित्यिक क्षेत्र में भारतीय अस्मिता और सांस्कृतिक चेतना को प्रोत्साहन देकर राष्ट्रप्रेमी विचारधारा को प्रभावी भूमिका में लाने तथा भारतीय भाषाओं के साहित्यकारों को संयुक्त मंच प्रदान करने के लिए वर्ष 1996 में भारतीय साहित्य परिषद् की स्थापना की गई, जिसके साथ बड़ी संख्या में साहित्यकार जुड़े हैं।

दीनदयाल शोध संस्थान

दीनदयाल उपध्यायजी की स्मृति में वर्ष 1972 में शोध संस्थान की स्थापना नानाजी देशमुख ने की थी, इसके जरिए उन्होंने बौद्धिक कार्यों के अलावा अयोध्या के चित्रकूट में ग्राम निर्माण का काम किया। उत्तर प्रदेश में गोंडा जिले के अतिरिक्त महाराष्ट्र, उड़ीसा और बिहार में संस्थान के समग्र विकास प्रकल्प चल रहे हैं। मध्य प्रदेश में चित्रकूट ग्रामोदय विश्वविद्यालय इस संस्थान का विशिष्ट प्रकल्प है।

भारतीय इतिहास संकलन योजना

बाबा साहेब आप्टे स्मारक समिति द्वारा संचालित प्रकल्प भारतीय इतिहास संकलन योजना भारत के गत 5000 वर्षों के तथ्यपरक इतिहास के शोध एवं लेखन को समर्पित है। महाभारत की कालगणना और सरस्वती नदी के विलुप्त प्रवाह का अनुसंधान समिति के विशिष्ट कार्यों में से है। इस योजना के तहत इतिहास पर कई नए शोध हुए हैं और हो रहे हैं।

भारतीय किसान संघ

यह राष्ट्रहित के साथ कृषक हित की रक्षा और कृषक संगठन के लिए स्थापित संस्था है, जो कृषकों के सर्वांगीण विकास के लिए प्रयत्नशील है।

संस्कृत भारती

संस्कृत भारती की स्थापना वर्ष 1981 में बेंगलुरु में हुई। यह देववाणी संस्कृत को फिर से जन-जन की भाषा बनाने के लिए प्रयासरत है। यह अखिल भारतीय संगठन सरल संस्कृत बोलने और लिखने का अभियान चलाता है। विभिन्न कार्यक्रमों, जैसे गीता जयंती, संस्कृत सप्ताह, संस्कृतोत्सव, पुस्तक मेला इत्यादि आयोजित कर संस्कृत का प्रचार करता है।

राष्ट्रीय सिख संगत

सिखों के दशम गुरु गोविंद सिंहजी की भावना 'जगे धर्म हिंदू सकल भंड भाजे' के अनुरूप सिख समुदाय की शेष हिंदू समाज से एकता-एकात्मता स्थापित करने के लक्ष्य से यह संस्था संचालित है।

स्वदेशी जागरण मंच

स्वदेशी जागरण मंच का गठन दत्तोपंत ठेंगडी द्वारा 22 नवंबर, 1991 में किया गया। यह संगठन वैश्वीकरण के नाम पर आर्थिक साम्राज्यवाद थोपने के विदेशी षड्यंत्रों से राष्ट्र, समाज को सचेत करने का अभियान चला रहा है।

अखिल भारतीय अधिवक्ता परिषद्

देश की न्याय प्रणाली में भारतीय संस्कृति के अनुरूप सुधार करवाने और प्रभावी न्याय प्रक्रिया के निर्माण का काम करने के लिए यह कानूनविदों का संगठन है।

सेवा भारती और अन्य सेवा संगठन

मालिन बस्तियों में रहने वालों की सेवा और उत्थान के लिए आरएसएस में सेवा विभाग है। इनमें सेवा भारती, हिंदू सेवा प्रतिष्ठान, भारतीय कुष्ठ निवारक संघ, स्वामी विवेकानंद मेडिकल मिशन, नेशनल मेडिकोज ऑर्गनाइजेशन इत्यादि अनेक सस्थाएँ उपेक्षितों की स्थिति सुधारने के कार्यों में संलग्न हैं।

सामाजिक समरसता मंच

जातिभेद, ऊँच-नीच, अस्पृश्यता जैसी सामाजिक कुरीतियों के खिलाफ जागरूकता अभियान चलाना और सामाजिक समरसता एवं भ्रातृभाव स्थापित करने के लिए इस मंच का निर्माण किया गया है।

प्रज्ञा प्रवाह

बौद्धिक स्तर पर राष्ट्रविरोधी प्रवृत्तियों की चुनौती से निपटने के लिए राष्ट्रवादी चिंतकों के संगठन का नाम प्रज्ञा भारती है। यह देश के प्रति अच्छी सोच रखने वाले बुद्धिजीवियों को जोड़ने का काम करता है।

संस्कार भारती

ललित कलाओं में राष्ट्रीय चेतना की अभिवृद्धि और राष्ट्रप्रेमी कलाकारों को मंच प्रदान करने के लिए स्थापित संस्था को संस्कार भारती कहते हैं।

कुटुंब प्रबोधन

हिंदू जीवन पद्धति की खासियत रहे संयुक्त परिवार को टूटने से बचाने के लिए यह संस्था काम करती है। करीब बीस साल पहले 'कुटुंब प्रबोधन' की स्थापना बेंगलुरु में की गई थी। संयुक्त परिवार के महत्त्व को समझाने के लिए देश-विदेश में इस संस्था के कार्यक्रम होते हैं। धीरे-धीरे लोगों को संयुक्त परिवार का महत्त्व समझ में आने लगा है। इस संबंध में परिवार प्रदीपिका बेंगलुरु ने एक पुस्तक 'मंगल भवन अमंगलहारी' प्रकाशित की है, जिससे परिवार के लाभ के बारे में महत्त्वपूर्ण जानकारियाँ मिलती हैं।

धर्म जागरण समन्वय विभाग

हमारे राष्ट्र को भीतर और बाहर से कई चुनौतियाँ मिल रही हैं। अनेक प्रकार के संकट हमारे समाने हैं, सबसे विकट चुनौती जनसंख्या आक्रमण की है। एक खास वर्ग भारत को खंड-खंड करने के सुविचारित षड्यंत्र के तहत

सुनियोजित रूप से भारत में अपनी जनसंख्या बढ़ा रहा है। जनसंख्या आक्रमण की चुनौती से निपटने में धर्म जागरण समन्वय विभाग की अहम भूमिका है। धर्मांतरण पर रोक, दूसरे धर्म में गए हिंदुओं को वापस लाना और दूसरे धर्म वालों को हिंदू धर्म में लाना धर्मजागरण समन्वय विभाग का काम है।

गो-संवर्धन प्रकल्प

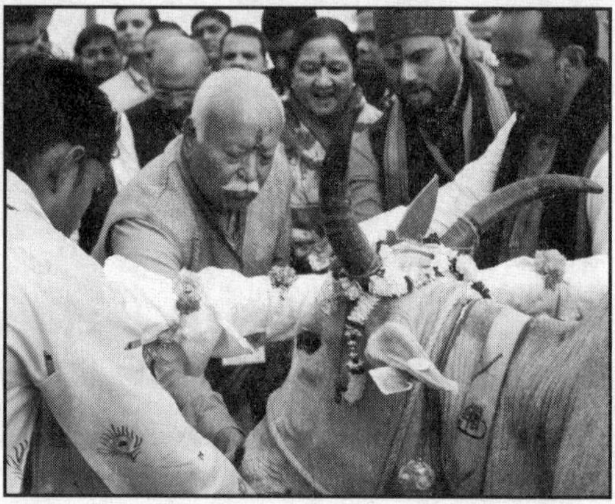

गाय को हमने 'माता' कहा है, इससे प्राप्त पंचगव्य सुख और समृद्धि का परिचायक है। गाय के दूध से निर्मित घी के सेवन से व्यक्ति रोगमुक्त रहता है, क्योंकि उसमें प्रतिरोधक क्षमता है। इन सब गुणों को लेकर संघ ने अपने प्रकल्प के रूप में गो-संवर्धन का कार्य आरंभ किया, जिसके सजीव परिणाम दिखाई पड़ रहे हैं, गाय के गोबर से बिजली उत्पादन भी किया जा रहा है।

विज्ञान भारती

भारतीय ज्ञान-विज्ञान को पुनर्स्थापित करने और स्वदेशी विज्ञान एवं प्रौद्यौगिकी के विकास के लिए वैज्ञानिकों की संस्था गठित की गई है, जिसे विज्ञान भारती के नाम से जाना जाता है।

लघु उद्योग भारती

देश की जरूरतों के अनुरूप लघु उद्योगों की कठिनाइयाँ दूर कर, उन्हें विकास का सफल उपक्रम बनाना लघु उद्योग भारती का एजेंडा है।

पूर्व सैनिक परिषद्

पूर्व सैनिकों के पुनर्वास में सहायता करने तथा उनकी देशभक्ति, अनुशासन और दक्षता का उपयोग देशहित में करने के लिए आरएसएस ने यह संस्था गठित की है ।

सहकार भारती

सहकारिता के आंदोलन को जनकल्याणकारी स्वरूप देकर और अधिक मजबूती प्रदान करने के उद्‌देश्य से 11 जनवरी, 1979 को मुंबई में सहकार भारती नामक सामाजिक संस्था की स्थापना हुई। इसके संस्थापक अध्यक्ष स्व. माधवराव गोडबोले थे, जिन्होंने वर्ष 1935 में सांगली (महाराष्ट्र) में जनता सहकारी बैंक की शुरुआत की थी। सहकार भारती का मुख्य उद्‌देश्य जनता की आर्थिक सेवा द्वारा समाज का आर्थिक उत्थान करने वाली सहकारिता को मजबूत बनाना है, जैसे सहकारी कार्यकर्ताओं को प्रशिक्षित एवं संस्कारित करना, सहकारिता का जनसाधारण में प्रचार व प्रसार करना; परिसंवाद, परिचर्चा, सम्मेलन, प्रशिक्षण वर्ग इत्यादि कार्यक्रमों द्वारा जन प्रबोधन करना, सहकारिता का साहित्य छापना, सहकारिता की समस्याओं को सुलझाने हेतु मार्गदर्शन करना, आदर्श सहकारी संस्थाएँ आरंभ करना।

विश्व विभाग

भारत के बाहर भी हिंदुत्व के प्रचार-प्रसार के काम विभिन्न संस्थाओं और शाखाओं के माध्यम से चल रहे हैं। हिंदू स्वयंसेवक संघ, सनातन धर्म स्वयंसेवक संघ, हिंदू सेवा संगम जैसे नामों से 800 संस्थाएँ 36 देशों में चल रही हैं। इनका संचालन और समन्वय का काम विश्व विभाग करता है। शाखा कार्य के साथ-साथ सेवा, बाल संस्कार, फ्रेंड्स ऑफ इंडियन सोसाइटी, प्राचीन संस्कृति अध्ययन जैसे काम भी दूसरे देशों में चल रहे हैं।

आरोग्य भारती

स्वस्थ शरीर के साथ-साथ मन, बुद्धि एवं आचरण का भी स्वस्थ होना आवश्यक है। इसी उद्देश्य के साथ 2 नवंबर, 2002 में 'आरोग्य भारती' की स्थापना की गई।

संघ साहित्य

पाञ्चजन्य—राष्ट्रीय स्वयंसेवक संघ का मुखपत्र (हिंदी साप्ताहिक)

ऑर्गनाइजर—आरएसएस का मुखपत्र (अंग्रेजी साप्ताहिक)

साधना—राष्ट्रीय विचारों का गुजराती साप्ताहिक

हिंदू स्वयंसेवक संघ—यू.एस.ए. की पत्रिका (अंग्रेजी में)

श्री गोलवलकर गुरुजी—राष्ट्रीय स्वयंसेवक संघ के द्वितीय सरसंघचालक श्री माधव सदाशिव गोलवलकर के व्यक्तित्व एवं कृतित्व को समर्पित (हिंदी, मराठी, अंग्रेजी में जालघर से)

राष्ट्र का संगठन—राष्ट्रीय स्वयंसेवक संघ का परिचय देता हुआ लेख

गीत-गंगा—दस से भी अधिक भारतीय भाषाओं में सैकड़ों राष्ट्रभक्ति गीत

इनके अलावा सभी प्रांत मासिक पत्र-पत्रिका भी निकालते हैं।

संपर्क विभाग—संघ का चेहरा

संपर्क विभाग संघ का चेहरा है, जिससे जुड़े स्वयंसेवकों का लोगों से संपर्क करने की सबसे अधिक जिम्मेदारी है। इस विभाग का काम है, समाज के सभी तबके के विशिष्ट लोगों से संपर्क बनाना और उन्हें संघ के करीब लाना। संपर्क योजना का काम वर्ष 1994 में प्रारंभ हुआ। संपर्क विभाग धार्मिक, साहित्यिक, शैक्षिक, व्यवसायिक, आर्थिक प्रशासनिक, सामाजिक, खेल और कला क्षेत्र के प्रमुख लोगों की सूची तैयार करता है। फिर उनके पास उपयोगी साहित्य, संघ की अखिल भारतीय बैठकों के प्रस्ताव, समसामयिक विषयों पर वरिष्ठ अधिकारियों द्वारा लिखी पुस्तकें,

समाचार पत्र-पत्रिकाओं में प्रकाशित अच्छे लेख आदि पहुँचाए जाते हैं। समसामायिक विषयों पर गोष्ठियाँ आयोजित कर वैसे लोगों को अध्यक्ष, वक्ता या श्रोता के रूप में आमंत्रित किया जाता है। उन्हें संघ के अनुभवी कार्यकर्ताओं से मिलाने का भी काम किया जाता है। संपर्क योजना के लिए नगर जिला व विभाग स्तर पर एक संपर्क प्रकोष्ठ रहता है, जिसमें संघचालक, संपर्क प्रमुख, प्रचार प्रमुख सम्मिलित किए जाते हैं, इनके अतिरिक्त उसी योग्यता-क्षमता के चार-पाँच ऐसे स्वयंसेवक भी जोड़े जाते, जो समाज में संपर्क करते हैं।

पूर्वोत्तर भारत में आरएसएस

उत्तरपूर्व भारत में राष्ट्रीय स्वयंसेवक संघ का इतिहास 1946 से आरंभ होता है, उसी साल अक्तूबर में दादाराव परमार्थ, वसंत राव ओक और कृष्ण परांजपे ने पहली बार असम प्रांत में कदम रखा, उस वक्त आज के पूर्वोत्तर का अधिकांश भाग असम प्रांत में शामिल था। संघ के इन तीनों प्रचारकों ने गुवाहाटी, डिब्रूगढ़ और शिलांग में पहली शाखाएँ खोलीं, जहाँ उनके द्वारा भर्ती किए स्वयंसेवक प्रतिदिन एकत्र होते थे।

नाथूराम गोडसे द्वारा 30 जनवरी, 1948 को महात्मा गांधी की हत्या किए जाने के बाद संगठन पर संपूर्ण भारत में प्रतिबंध लगा दिया गया था।

अगले साल जब प्रतिबंध हटाया गया तो आरएसएस के दूसरे सरसंघचालक एम.एस. गोलवलकर ने ठाकुर राम सिंह को संगठन के काम के निरीक्षण के लिए असम भेजा, राम सिंह की भूमिका वहाँ 1971 तक रही।

1975 तक असम के प्रत्येक जनपद में शाखा कायम हो चुकी थी, असम आरएसएस के प्रचार प्रमुख शंकर दास के अनुसार आज उत्तर असम प्रांत में 813 शाखाएँ हैं। आरएसएस की प्रशासनिक इकाई की आंतरिक व्यवस्था के मुताबिक इस इकाई में ब्रह्मपुत्र घाटी, नागालैंड और मेघालय शामिल हैं। त्रिपुरा अलग प्रांत है, इसमें 275 शाखाएँ हैं, मणिपुर और अरुणाचल प्रदेश भी अलग-अलग प्रांत हैं और हर एक में कई दर्जन शाखाएँ हैं। बराक घाटी के अंतर्गत आने वाला उत्तर भारत का मिजोरम मात्र ऐसा प्रांत है, जहाँ एक भी शाखा नहीं है। शंकर दास ने मुझे बताया कि वहाँ शाखा स्थापित करने का काम चल रहा है। संघ परिवार की शाखाओं और आरएसएस में निष्ठा रखने वालों के माध्यम से फिलहाल हम समाज सेवा में लगे हुए हैं। इसमें आदिवासियों तक पहुँच बनाने की जिम्मेदारी वनवासी कल्याण आश्रम और महिला शाखा राष्ट्र सेविका समिति पर है।

संघ परिवार की 'समाज सेवाएँ' पूरे क्षेत्र में दूर-दूर तक फैली हुई और नागरिक जीवन के विभिन्न क्षेत्रों में हैं। इसके अलावा जो कुछ भी करें, उनका सुसंगत उद्देश्य आरएसएस के हिंदू राष्ट्रवाद के संस्कारों का प्रचार करना है। 1950 में जब भूकंप ने क्षेत्र में तबाही मचाई तो संघ ने बचे हुए लोगों की सहायता की थी। 1988 में स्थापित सेवा भारती पूर्वांचल जैसी कल्याणकारी संस्था आज भी पूर्वोत्तर के गरीबों के बीच काम करती है।

शंकर दास ने मुझे बताया कि क्षेत्र में करीब 7000 एकल विद्यालय हैं। संघ एक अध्यापक वाले स्कूल (एकल विद्यालय) चलाता है, जो दूरवर्ती क्षेत्रों के गरीबों को निःशुल्क 'पवित्र' शिक्षा देते हैं, इनमें राष्ट्रवाद और पारिवारिक संस्कारों पर बल दिया जाता है। विश्व हिंदू परिषद् भी असम के हफलांग कस्बे में आवासीय स्कूल चलाती है। संघ हजारों छात्रों को भारत के मुख्य भू-भाग में भेजने में सहायता करता है। इनमें से कुछ संघ संचालित संस्थानों में जाते

हैं और अन्य संघ छात्रावासों में रहकर सरकारी स्कूलों में पढ़ाई करते हैं। इन छात्रों में से बहुत से 'सरकार में उच्च अधिकारी बन जाते हैं'। उनमें से बहुत से घर वापस आने के बाद आरएसएस के कार्यकर्ता भी बन जाते हैं।

दशकों तक विपरीत परिस्थितियों में बहुत धीमी गति से इस तरह के काम चलते रहे। पूर्वोत्तर में विस्तार कर पाना आरएसएस के लिए आसान नहीं था, जनसंख्या के हिसाब से इस क्षेत्र में जितनी विविधता है, शायद ही दुनिया के किसी अन्य क्षेत्र में हो और इसकी कई प्राचीन संस्कृतियों व धर्मों का संघ के प्रिय हिंदुत्व से बहुत कम या बिल्कुल भी संबंध नहीं है। पिछली शताब्दी में क्षेत्र के सामाजिक स्वरूप में तेजी से बदलाव आया, बहुत से लोगों ने अपनी पारंपरिक आस्थाओं और तौर-तरीकों को पीछे छोड़ दिया, लेकिन बदलाव की दिशा आरएसएस की पसंद के अनुरूप नहीं है।

2011 की जनगणना के अनुसार पूर्वोत्तर में हिंदुओं की आबादी 54 प्रतिशत थी, लेकिन यह असम में बड़ी हिंदू आबादी के कारण है, जो पूर्वोत्तर की कुल आबादी के करीब 70 प्रतिशत भाग के साथ क्षेत्र के अन्य राज्यों की तुलना में बहुत अधिक आबादी वाला राज्य है, क्षेत्र के करीब 80 प्रतिशत हिंदू यहीं रहते हैं।

2011 की जनगणना के अनुसार पूर्वोत्तर में हिंदुओं की आबादी 54 प्रतिशत थी, लेकिन यह असम में बड़ी हिंदू आबादी के कारण है, जो पूर्वोत्तर की कुल आबादी के करीब 70 प्रतिशत भाग के साथ क्षेत्र के अन्य राज्यों की तुलना में बहुत अधिक आबादी वाला राज्य है, क्षेत्र के करीब 80 प्रतिशत हिंदू यहीं रहते हैं। असम में मुसलिम भी आबादी का एक-तिहाई से अधिक हैं, जिनमें कई जनपद तो मुसलिम बहुल हैं। मणिपुर और त्रिपुरा में मुसलिम आबादी 10 प्रतिशत से कुछ कम है, ईसाई जिनकी उत्तरपूर्व में आबादी बीसवीं शताब्दी के आरंभ तक 1 प्रतिशत से भी कम थी, अब नागालैंड, मेघालय, मिजोरम में उनकी संख्या हिंदुओं से अधिक है। अरुणाचल प्रदेश में दोनों समुदायों की संख्या लगभग बराबर है।

असम पूर्वोत्तर में आरएसएस के पैर रखने की पहली जगह थी, 1950 के भूकंप के बाद राहत कार्यों में भाग लेने के अलावा संघ के आरंभिक कामों में एक था—विभाजन के बाद हिंदू शरणार्थियों के पुनर्वास की दिशा में काम करना, इसने राज्य के बिहारी और मारवाड़ी व्यापारियों के बीच भी आधार बना लिया था।

1960 के दशक में विमल प्रसाद चालिहा की कांग्रेस सरकार ने असमिया को राज्य की एक मात्र आधिकारिक भाषा घोषित करने के लिए एक विधेयक प्रस्तुत करने का मन बनाया तो बहुसंख्यक असमिया और अल्पसंख्यक बंगालियों के बीच व्यापक हिंसा फूट पड़ी, लगभग पचास हजार बंगाली पश्चिम बंगाल में पलायन कर गए, जबकि नब्बे हजार बराक घाटी और पूर्वोत्तर में जा बसे। बंगाली भाषा को बराक घाटी के तीन जनपदों में आधिकारिक दर्जा दिए जाने तक उक्त प्रस्ताव के खिलाफ एक साल तक विरोध प्रदर्शन होते रहे। आरएसएस बंगाली भाषा आंदोलन के दौरान असमिया और बंगाली जनता के बीच दरार को भरने का कारण बना था।

विजयादशमी उत्सव में मुख्य अतिथि के रूप में पहली महिला पर्वतारोही संतोष यादव

दशहरे के ही दिन सन् 1925 में आरएसएस की स्थापना हुई थी। ऐसे में हर साल इस मौके पर संघ के द्वारा मनाए जाने वाले कार्यक्रम में देश के गण्यमान्य लोगों को आमंत्रित किया जाता है।

पर्वतारोही संतोष यादव नागपुर में आरएसएस के विजयादशमी उत्सव, 2022 में मुख्य अतिथि थीं। आरएसएस के 97 साल के इतिहास में ऐसा पहली बार हुआ है कि किसी महिला को विजयादशमी उत्सव में मुख्य अतिथि के तौर पर बुलाया गया। 54 साल की यादव ने माउंट एवरेस्ट पर दो बार चढ़ाई करने वाली पहली महिला के रूप में विश्व रिकॉर्ड बनाया है। मूल रूप से हरियाणा की रहने वाली इस पर्वतारोही को सन् 2000 में पद्म श्री से सम्मानित किया गया था।

इस दौरान उन्होंने मंच से अपने संबोधन में कहा कि लोग मेरे हाव-भाव देखकर सवाल करते थे कि क्या तुम संघी हो?

संतोष यादव ने बताया कि मेरी प्रारंभिक शिक्षा गाँव में हुई, मेरी शिक्षा का स्तर उतना ऊँचा नहीं था। मेरा दुनियादारी से बहुत अधिक संपर्क नहीं था। अकसर यह संयोग होता कि लोग मुझसे पूछते कि तुम संघी हो क्या? मैं कहती थी कि वह क्या होता है, लेकिन आज मैं संघ के सर्वोच्च मंच पर मौजूद हूँ।

उन्होंने कहा कि भारत की भूमि पर जनमी हमारी सनातन संस्कृति, जिसका पूरी तरह से संघ के प्रचारक, पूरे सेवा भाव और विश्व कल्याण के लिए बहुत मेहनत से लगे हुए हैं। स्वयंसेवक सनातन संस्कृति के मूलमंत्र को पकड़े हुए हैं। लोगों के इस सवाल का जवाब मैं बड़े भोले मन से देती थी कि वो (संघी) क्या होता है। आज किस्मत मुझे सर्वोच्च मंच पर लेकर आई है। पूरे भारत ही नहीं, पूरे विश्व के मानव समाज से मैं अनुरोध करना चाहती हूँ कि वे आएँ और संघ के कार्यकलापों को देखें। यह शोभनीय है एवं प्रेरित करने वाला है।

जे.एन.यू. से जुड़े एक किस्से को बताते हुए संतोष यादव ने बताया कि एक बार जे.एन.यू. में वह पर्यावरण के विषय पर बोल रही थीं। उस दौरान एक छात्रा ने सवाल किया कि हमें रामचरितमानस या गीता पढ़ने के लिए क्यों कहा जाता है? मैंने उससे पूछा कि क्या आपने इन पुस्तकों को पढ़ा है? तो छात्रा ने कहा कि नहीं, इसके बाद मैंने उस छात्रा से कहा कि फिर बिना पढ़े आप इन पुस्तकों को लेकर द्वेष क्यों पाल रही हैं? आप पहले इसे पढ़िए, सनातन संस्कृति सृजन की प्रेरणा देती है।

बता दें कि दशहरे का दिन संघ के लिए काफी अहम माना जाता है। दरअसल, दशहरे के ही दिन सन् 1925 में आरएसएस की स्थापना हुई थी। ऐसे में हर साल इस मौके पर संघ के द्वारा मनाए जाने वाले कार्यक्रम में देश के गण्यमान्य लोगों को आमंत्रित किया जाता है।

□

संघ गीत

: एक :

देश हमें देता है सबकुछ, हम भी तो कुछ देना सीखें
सूरज हमें रौशनी देता, हवा नया जीवन देती है
भूख मिटाने को हम सबकी धरती पर होती खेती है
औरों का भी हित हो, जिसमें हम ऐसा कुछ करना सीखें।

गरमी की तपती दोपहर में पेड़ सदा देते हैं छाया
सुमन सुगंध सदा देते हैं, हम सबको फूलों की माला
त्यागी तरुओं के जीवन से हम परहित कुछ करना सीखें।

जो अनपढ़ हैं उन्हें पढ़ाएँ, जो चुप हैं उनको वाणी दें
पिछड़ गए जो उन्हें बढ़ाएँ, समरसता का भाव जगा दें
हम मेहनत के दीप जलाकर, नया उजाला करना सीखें
देश हमें देता है सब कुछ, हम भी तो कुछ देना सीखें।

: दो :

अरुण गगन पर महाप्रगति का, अब फिर मंगल गान उठा
करवट बदली अँगड़ाई ली, सोया हिंदुस्तान उठा

सौरभ से भर गई दिशाएँ, अब धरती मुसकाती है
कण-कण गाता गीत गगन की, सीमा अब दोहराती है
मंगल गाना सुनाता सागर, गीत दिशाएँ गाती हैं
मुक्त पवन पर राष्ट्रपताका, लहर-लहर लहराती है
तरुण रक्त फिर लगा खौलने, हृदय में तूफान उठा
अरुण गगन पर महाप्रगति का, अब फिर मंगल गान उठा।

: तीन :

आया समय जवान जागो, भारतभूमि पुकारती
उठो, शत्रु की सेना देखो सीमा पर ललकारती
बैरी भारत की धरती पर करता कितनी मनमानी
आज दिखा दो उन दुष्टों को, कितना है हममें पानी
कैसे चुप बैठे हो भाई, जननी बाट निहारती
उठो, शत्रु की सेना देखो सीमा पर ललकारती।

मत भूलो राणा प्रताप को और न झाँसी की रानी
मत भूलो शमशेर शिवा की तात्या टोपे सेनानी
बतला दो कैसे भारत की सेना है हुंकारती
उठो, शत्रु की सेना देखो सीमा पर ललकारती।

शपथ तुम्हें है मातृभूमि की, अरिदल को जो संघारो
निश्चित विजय तुम्हारी होगी, हिम्मत को तुम मत हारो

वह तलवार उठाओ वीरो रिपु का शीश उतारती
उठो, शत्रु की सेना देखो सीमा पर ललकारती।

भगत सिंह, सुखदेव, राजगुरु, शेखर भी बलिदान हुए
मातृभूमि के खातिर ये सब अमर शहीद महान् हुए
भारत के जीवन की ताकत दुश्मन का मद झारती
उठो, शत्रु की सेना देखो सीमा पर ललकारती।

: चार :

उठो जवानो हम भारत के स्वाभिमान सरताज हैं,
अभिमन्यु के रथ का पहिया, चक्रव्यूह की मार हैं।
चमके कि ज्यों दिनकर चमका है
उठो कि ज्यों तूफान उठे
चले चाल मस्ताने गज सी
हँसे कि विपदा भाग उठे
हम भारत की तरुणाई है
माता की गलहार है।

अभिमन्यु के रथ का पहिया...
खेल कबड्डी कहकर
पाले में न घुस पाए दुश्मन
प्रतिद्वंद्वी से ताल ठोककर
कहो भाग जाओ दुश्मन
मान जीजा के वीर शिवा
हम राणा के अवतार हैं।

अभिमन्यु के रथ का पहिया···
गुरु पूजा में एकलव्य हम
बैरागी के बाण हैं
लव-कुश की हम प्रखर साधना
शकुंतला के प्राण हैं
चंद्रगुप्त की दिग्विजयों के
हम ही खेवनहार हैं
अभिमन्यु के रथ का पहिया···

गोरा, बादल, जयमल, फत्ता,
भगत सिंह, सुखदेव, आजाद
केशव की हम ध्येय साधना
माधव बन होती आवाज
आज नहीं तो कल भारत के
हम ही पहरेदार हैं
अभिमन्यु के रथ का पहिया···

उठो जवानो हम भारत के स्वाभिमान सरताज हैं,
अभिमन्यु के रथ का पहिया, चक्रव्यूह मार है।

: पाँच :

संघ चेतना बढ़ना अपना काम
चाहे जितने व्यवधान मिले,
आँधी चाहे तूफान मिले,
बढ़ना ही अपना काम है,
बढ़ना ही अपना काम है।

हम नई चेतना की धारा,
हम अँधियारे में उजियारा,
हम उस ब्यार के झोंके हैं,
जो हर ले सब का दुःख सारा
बढ़ना है शूल मिले तो क्या ?
पथ में अंगार जले तो क्या ?
जीवन में कहाँ विराम है ?
बढ़ना ही अपना काम है।
हम अनुयायी उन पाँवों के,
आदर्श लिए जो खड़े रहे,
बाधाएँ जिन्हें डिगा न सकीं,
जो संघर्ष पर अड़े रहे।
आँधी चाहे तूफान मिले,
चाहे जितने व्यवधान मिले,
बढ़ना ही अपना काम है,
बढ़ना ही अपना काम है
संघ चेतना बढ़ाना अपना काम।

एकल गीत

जिस दिन सोया राष्ट्र जगेगा
दिस-दिस फैला तमस हटेगा
भारत विश्व बंधु का गायक
भारत मानवता का नायक
सदियों से था, युगों रहेगा
सदियों से था युगों रहेगा,
दिस-दिस फैला तमस हटेगा।

जिस दिन सोया राष्ट्र जगेगा
दिस-दिस फैला तमस हटेगा।

वैभवशाली जब हम होंगे
नहीं किसी से हम कम होंगे
क्यों ना फिर गंतव्य मिलेगा
क्यों ना फिर गंतव्य मिलेगा,
दिस-दिस फैला तमस हटेगा।
जिस दिन सोया राष्ट्र जगेगा
जिस दिन सोया राष्ट्र जगेगा
दिस-दिस फैला तमस हटेगा

हम सबकी तो राह एक है,
कोटि हृदय और भाव एक है
हम सबकी तो राह एक है,
कोटि हृदय और भाव एक है।
बात हमारी विश्व सुनेगा,
बात हमारी विश्व सुनेगा
दिस-दिस फैला तमस हटेगा
जिस दिन सोया राष्ट्र जगेगा
जिस दिन सोया राष्ट्र जगेगा
दिस दिस फैला तमस हटेगा
दिस दिस फैला तमस हटेगा।

विजयादशमी उत्सव हेतु गीत

चिरविजय की कामना ले, कर्मपथ पर चल तरुण मन
संगठन की साधना में, प्राण अर्पित और तन-मन
पतित पावन राम ने थे, गिरि अरण्य महान् घूमे
छोड़कर माया अवध की, ऋषिजनों के पाँव चूमे
दीन-दुखियों पर दया के, अश्रु कण छलके वरुण वन
चिर विजय…
भक्ति का ध्रुव भाव लेकर, बढ़ चलो तुम ध्येय पथ पर
पवनसुत की शक्ति लेकर, बढ़ चलो तुम गेय बनकर
फिर उदित इठला रहा है, आज राघव के नयन बन
चिर विजय…
टूट विद्युत से पड़ो तुम, राक्षस की वृत्तियों पर
गिर पड़ो तुम आज फिर से, वज्र वन आपत्तियों पर
पाश नागों के चले हैं, काट डालो तुम गरुड़ बन
चिर विजय…

□

सूर्य नमस्कार–मंत्र

ध्येय: सदा सवितृमण्डल मध्यवर्ती
नारायण: सरसिजासन–सन्निविष्ट: केयूरवान्
मकर–कुण्डलवान् किरीटी हारी हिरण्यमय
वपुर्धृत–शंख–चक्र:

1. ॐ मित्राय नम:
2. ॐ रवये नम:
3. ॐ सूर्याय नम:
4. ॐ भानवे नम:
5. ॐ खगाय नम:
6. ॐ पूष्णे नम:
7. ॐ हिरण्यगर्भाय नम:
8. ॐ मरीचये नम:
9. ॐ आदित्याय नम:
10. ॐ सवित्रे नम:
11. ॐ अर्काय नम:
12. ॐ भास्कराय नम:
13. ॐ श्री सवितृसूर्यनारायणाय नम:

आदित्यस्य नमस्कारान् ये कुर्वन्ति दिने दिने।
आयु: प्रज्ञा बलवीर्य, तेजस्तेषां च जायते॥

समरसता मंत्र

हिन्दवः सोदराः सर्वे, न हिन्दूः पतितो भवेत्।
मम दीक्षा हिन्दू रक्षा, मम मन्त्रः समानता॥

सभी हिंदू सहोदर हैं, अर्थात् माँ जाये भाई हैं, कोई भी हिंदू नीच या पतित नहीं हो सकता। हिंदुओं की रक्षा मेरी दीक्षा है, समानता यही मेरा मंत्र है।

भोजन मंत्र

ॐ ब्रह्मार्पणं ब्रह्महविर्ब्रह्माग्नौ ब्रह्मणा हुतम्।
ब्रह्मैव तेन गन्तव्यं ब्रह्मकर्म समाधिना।।
ॐ सह नाववतु।
सह नौ भुनक्तु।
सह वीर्यं करवावहे।
तेजस्विनावधीतमस्तु।
मा विद्विषावहे॥
ॐ शान्तिः शान्तिः शान्तिः॥

यज्ञ में आहुति देने का साधन अर्पण ब्रह्म हैं। ब्रह्म रूपी अग्नि में ब्रह्मरूप होमकर्ता द्वारा, जो र्पित किया जाता है, वह भी ब्रह्म ही है। इस ब्रह्मकर्म से ब्रह्म की ही प्राप्ति होती है। हम दोनों गुरु और शिष्य परस्पर मिलकर सुरक्षा करें। हम मिलकर खाएँ (देश में कोई भूखा न रहे)। हम साथ मिलकर शौर्य करें। हम देश के संघटन रूपी तपश्चर्या से उज्ज्वलित एवं प्रदीप्त हों, हम पठित एवं अध्ययनशील हों, परस्पर द्वेष न करें। शांति हो, शांति हो, शांति हो।

संगठन मंत्र

ॐ संगच्छध्वं संवदध्वं सं वो मनांसि जानताम्
देवा भागं यथा पूर्वे सञ्जानाना उपासते॥
समानो मन्त्रः समितिः समानी समानं मनः सहचित्तमेषाम्

समानं मन्त्रमभिमन्त्रये वः समानेन वो हविषा जुहोमि॥
समानी व आकूतिः समाना हृदयानि वः।
समानमस्तु वो मनो यथा वः सुसहासति॥

हम सब एक साथ चलें, एक स्वर में बोलें, हमारे मन एक हों। प्राचीन समय में देवताओं का ऐसा आचरण रहा, इसी कारण वे वंदनीय हैं। मिलकर कार्य करने वालों का समान मंत्र हो, हमारा लक्ष्य एक हो, सबके चित व मन एक समान हों। ऐसे संगठन के लिए मैं यह प्रार्थना करता हूँ, हमारी सोच और कामनाएँ समान हों, ताकि एक समान लक्ष्य हमें संगठित करके रखे।

कल्याण मंत्र

ॐ सर्वे भवन्तु सुखिनः।
सर्वे सन्तु निरामयाः।
सर्वे भद्राणि पश्यन्तु।
मा कश्चित् दुःख भाग्भवेत्॥
ॐ शान्तिः शान्तिः शान्तिः॥

सभी सुखी होवें, सभी रोगमुक्त रहें, सभी का जीवन मंगलमय बने, कोई भी दुःख का भागी न बने।

□

अध्ययन के स्त्रोत

- *यशस्वी भारत,* लेखक : डॉ. मोहन भागवत (भाषणों का संग्रह)
- *विचार नवनीत, गुरु दक्षिणा और बंच ऑफ थोट्स,* लेखक : माधव सदाशिव गोलवलकर
- *एकात्म मानववाद,* लेखक : पंडित दीनदयाल उपाध्याय
- *कृति रूप संघ दर्शन–मूल,* लेखक : एच.वी. शेषाद्रि
- *राष्ट्रीय स्वयंसेवक संघ के सरसंघचालक एवं थर्ड वे,* लेखक : दत्तोपंत ठेंगड़ी
- *युगावतार (शिवाजी पर) चिंतन गंगा, देश बँट गया,* लेखक : एच.वी. शेषाद्रि
- *गुरुत्व माने हिंदुत्व,* लेखक : सुरेश सोनी
- *आर.एस.एस : रोडमैप फॉर द 21 सेंचुरी,* लेखक : सुनील आंबेकर
- *आधुनिक भारत के निर्माता : डॉ. केशव बलिराम हेडगेवार,* लेखक : राकेश सिन्हा
- *भारतवर्ष की सर्वांग स्वतंत्रता,* लेखक : नरेंद्र सहगल
- *ज्योति जला निज प्राण की,* लेखक : मानिकचंद वाजपेयी और श्रीधर पराडकर
- *विश्व का अद्वितीय संगठन राष्ट्रीय स्वयंसेवक संघ,* लेखक : रमेश भाई मेहता
- *आर.एस.एस : अ व्यू टू द इनसाइड,* लेखक : वॉल्टर एंडरसन और श्रीधर डी दामते
- *आरएसएस बिल्डिंग इंडिया थ्रू सेवा,* लेखक : सुधांशु मित्तल
- *संघ शरणं गच्छामि,* लेखक : विजय त्रिवेदी
- *आरएसएस और बहुजन चिंतन,* लेखक : कंवल भारती
- *संघ के प्रचारक संन्यास परंपरा और फौजी अवतरण का अपूर्व संगम, राष्ट्रीय हिंदी मासिक भारत वार्त्ता, पटना बिहार,* लेखक : डॉ. असीम कुमार दास
- पाञ्चजन्य, दैनिक हिंदुस्तान, दैनिक जागरण, दैनिक भास्कर, प्रभात खबर, अमर उजाला, हिंदुस्तान टाइम्स, टाइम्स ऑफ इंडिया, इंडियन एक्सप्रेस, जनसत्ता, द टेलीग्राफ, इंडिया टुडे समेत विभिन्न पत्र–पत्रिकाएँ।

□□□